ATRAER LA RIQUEZA Y EL ÉXITO CON LA MENTE CREATIVA

Ernest Holmes

ATRER LA RIQUEZA Y EL ÉXITO CON LA MENTE CREATIVA

EDICIONES OBELISCO

Si este libro le ha interesado y desea que le mantengamos informado de
nuestras publicaciones, escríbanos indicándonos qué temas son de su interés
(Astrología, Autoayuda, Ciencias Ocultas, Artes Marciales, Naturismo,
Espiritualidad, Tradición...) y gustosamente le complaceremos.

Puede consultar nuestro catálogo en www.edicionesobelisco.com

Colección Éxito - Biblioteca del Secreto
ATRAER LA RIQUEZA Y EL ÉXITO CON LA MENTE CREATIVA
Ernest Holmes

1.ª edición: marzo de 2007
5.ª edición: abril de 2008

Título original: *Creative Mind and Success*

Traducción: *Natalia Labzóvskaya*
Maquetación: *Natàlia Campillo*
Corrección: *Andreu Moreno*
Diseño de cubierta: *Mònica Gil*

© 2007, Ediciones Obelisco, S.L.
(Reservados los derechos para la presente edición)
© año, autor de ilustraciones/dibujos etc.
(Reservados todos los derechos)

Edita: Ediciones Obelisco S.L.
Pere IV, 78 (Edif. Pedro IV) 3.ª planta 5.ª puerta.
08005 Barcelona - España
Tel. 93 309 85 25 - Fax 93 309 85 23
E-mail: obelisco@edicionesobelisco.com

Paracas, 59 C1275AFA Buenos Aires - Argentina
Tel. (541-14) 305 06 33 - Fax: (541-14) 304 78 20

ISBN: 978-84-9777-360-7
Depósito Legal: B-19.541-2008

Printed in Spain

Impreso en España en los talleres gráficos de Romanyà/Valls S.A.
Verdaguer, 1 - 08786 Capellades (Barcelona)

Parte I

Investigación sobre la verdad

Investigar la verdad es investigar la causa de las cosas tal y como el género humano las ve y experimenta. El punto de partida de nuestro pensamiento ha de ser siempre nuestra experiencia. Todos sabemos que la vida *existe*; de otro modo, no podríamos pensar tan siquiera que nosotros existimos. Puesto que *podemos* pensar, hablar y sentir, tenemos que existir. Vivimos, somos conscientes de la vida; por lo tanto, *debemos* existir, y la vida debe existir. Si somos la vida y somos la conciencia (el autoconocimiento), de ello se deduce que debemos haber venido de la vida y la conciencia. Así que empecemos con este simple hecho: *la vida existe y la vida es consciente.*

Pero ¿cuál es la naturaleza de esta vida? ¿Es física, mental o espiritual? Detenernos a pensar un poco, cuidadosamente, con ayuda de la lógica, nos ayudará más que cualquier mera opinión personal a esclarecer algunos de estos interrogantes que al principio nos dejan pasmados por su enormidad.

¿Cuánto de lo que existe podemos llamar *vida*? La respuesta podría ser: *vida* es *todo* cuanto existe; es la razón de todo cuanto vemos, oímos, sentimos, de todo cuanto experimentamos de una u otra manera. Ahora bien, la nada no puede originar nada, por lo tanto es imposible que algo provenga de la nada. Desde el momento en que algo existe, aquello de lo que proviene ha de ser todo cuanto existe. Entonces, *la vida es todo lo que existe.* Todo proviene de ella, incluidos nosotros.

Los siguientes interrogantes son: ¿cómo las cosas provienen de la vida? ¿Cómo las cosas que vemos provienen de las cosas que no vemos? Las cosas que vemos tienen que ser reales porque las vemos. Decir que no son reales jamás podrá explicarlas ni responder a ninguna pregunta acerca de ellas. La obra de Dios no es un mundo de ilusión sino uno de realidades divinas. La verdad no ha de dar una explicación convincente de las cosas que vemos. Lo que ha de hacer es explicar lo que son. Vivimos y experimentamos diversos grados de conciencia y de condiciones. Sólo cuando se llegue a comprender el porqué de la vida y de nuestras experiencias, sabremos todo sobre la verdad. Jesús no dijo que las cosas sean ilusiones. Dijo que no debemos juzgar desde el punto de vista de lo que observamos, sino que debemos juzgar correctamente o con juicio justo. Jesús dio a entender que debemos ir más allá de las apariencias y averiguar qué es lo que las causa. Así que no vayamos a engañarnos ni permitirnos creer que siempre hemos sido engañados. Vivimos en un mundo de realidades. Todo cuanto experimentamos es realidad, en la medida en que concierne a esa experiencia; aunque, si nuestra comprensión de la vida fuese superior, podríamos evitar la experiencia desagradable.

Qué es la vida

En primer lugar, ¿qué entendemos por *vida*? Entendemos que la vida es todo cuanto vemos, oímos, sentimos, tocamos o gustamos y la razón de todo ello. Hemos de entrar en contacto con todo lo que conocemos de la vida. Ya hemos averiguado lo que es la vida, o no hubiéramos tenido ninguna de estas experiencias. «En el comienzo fue Dios» o vida. De esta vida que fue en el comienzo procede todo cuanto existe. Así que la vida fluye necesariamente a través de todas las cosas. La materia muerta no existe. Más aun, la vida es una, y sólo puede experimentar variaciones dentro de sí misma. Todas las formas son formas de esta unicidad y han de ir y venir a través de alguna actividad interna. Esta actividad interna de la vida o la naturaleza debe ser alguna forma de autoconciencia o autoconocimiento. En nuestra comprensión humana, podríamos denominar *pensamiento* esta conciencia o conocimiento interno. El Espíritu, o la Vida, o Dios, ha de hacer cosas a partir de Sí mismo, por medio del autorreconocimiento, o autocognición, o, como pudiéramos denominarlo, el *pensamiento*. Puesto que Dios lo es todo, no existe nada que le impida hacer lo que desee, y la respuesta al interrogante: «¿Cómo surgen las cosas?», es ésta: Dios las hace de Sí mismo. Dios piensa, o conoce, y lo que Él piensa o conoce surge de Él y está hecho a partir de Él. No hay otra explicación posible para lo que vemos. A menos que las personas estén dispuestas a comenzar por aceptar esto, jamás comprenderán cómo es que las cosas no son materiales sino espirituales.

El lugar del hombre en la creación

Pero ¿dónde es que entra el hombre? El hombre *es*. Por consiguiente, el hombre es también obra de Dios, ya que Dios, o Espíritu, lo es todo. Al ser obra de Dios, el hombre ha de compartir Su naturaleza, ya que estamos hechos «según Su imagen».

El hombre es el centro de Dios en Dios. Todo lo que Dios es en el mundo universal, el hombre ha de ser en el mundo individual. La diferencia entre Dios y hombre es de grado y no de cualidad. El hombre no es obra de sí mismo; es obra de Dios.

Podría surgir el interrogante: «¿Por qué Dios hizo esto?». Ningún ser viviente puede responder a esta pregunta. Es algo que sólo el Padre sabe. Podríamos suponer que Dios hizo al hombre para que viviera con Él y disfrutara con Él, para que fuese uno con el Padre. Es verdad, desde luego, que quienes han sentido esto con mayor profundidad han tenido un correspondiente poder espiritual, lo cual nos lleva a suponer que Dios realmente hizo al hombre como un compañero. El hombre es individual, mientras que Dios es universal. «Como Padre, tiene vida en Sí mismo». La mente del hombre se deriva de la mente de Dios, y todo cuanto el hombre es o será jamás, todo cuanto tiene o tendrá jamás, ha de compartir la naturaleza divina. El hombre no lo ha hecho así, pero es así, y el hombre tiene que enfrentarlo y ver qué es lo que puede hacer con ello. Si el hombre, en su vida individual, tiene el mismo poder que Dios tiene en la universal, entonces, cuando aprenda a usar su poder, este descubrimiento significará la liberación de todo tipo de cautiverio. Del mismo modo que Dios gobierna Su mundo universal, así el hombre gobernará su mundo individual, siempre sujeto a una ley y una vida superiores. Esto no puede ser de otra manera si comprendemos lo que se deduce de ahí, y que al comprenderlo nos damos cuenta de que vivimos en un mundo muy diferente de donde creíamos que estábamos viviendo. Dios gobierna no por medio de leyes físicas, sino ante todo por medio del conocimiento interno, y de ahí dimana lo físico. Del mismo modo, el hombre gobierna su mundo por medio del proceso que podríamos llamar, a falta de mejor denominación, *el poder de su pensamiento*.

La vida interna del hombre es una con la del Padre. No puede haber separación, por la evidente razón de que nada lo separa de Dios, ya que no existe nada que no sea vida. La separación de dos cosas implica la existencia de un elemento diferente entre ellas; pero no existe nada diferente de Dios. La unidad entre el hombre y Dios es algo establecido firmemente y para siempre. «Mi Padre y yo somos Uno» es una simple afirmación de una gran alma que percibía la vida tal y como realmente es y no desde un mero punto de vista de condiciones externas.

Al tomar como punto de partida el hecho de que el hombre tiene la misma vida que Dios, se deduce que el hombre usa el mismo proceso creador. Todo es uno, procede de la misma fuente y vuelve a ella. «Las cosas que se ven no son hechas de las cosas que sí aparecen.» Lo que vemos procede de lo que no vemos. Ésta es la explicación de todo el universo visible, y es la única explicación posible.

Al igual que el pensamiento de Dios hace mundos y los puebla de todas las cosas vivas, así hace nuestro pensamiento, al hacer nuestro mundo y poblarlo con todas las experiencias que hemos tenido. Es por medio de la actividad de nuestro pensamiento como las cosas entran en nuestra vida, y nos vemos limitados porque desconocemos la verdad; pensamos que las cosas externas nos controlan, cuando todo el tiempo hemos tenido dentro aquello que podría haberlo cambiado todo y liberarnos de la esclavitud.

Entonces, naturalmente, surge la pregunta: ¿por qué Dios creó al hombre e *hizo de él un agente libre*? Si Dios nos hubiera creado de una manera que nos forzara a actuar o a ser de un modo cualquiera que no fuese de nuestra elección, entonces no hubiéramos sido en absoluto individuos, sino autómatas. Puesto que sabemos que somos individuos, sabemos que Dios nos ha hecho así; y precisamente estamos tratando de descubrir el porqué. Dejad que cualquier hombre se dé cuenta de esta verdad, la mayor verdad de todas las épocas, y descubrirá que esto responderá a todas las preguntas. Se sentirá satisfecho de que las cosas son lo que son. Percibirá que puede usar el poder que Dios le ha dado para trabajar, pensar y vivir sin obstaculizar en modo alguno que lo supremo obre *a través de* él. Acorde a la claridad de su percepción y la grandeza de su comprensión de este poder, así dispondrá de su vida interior. Ya no tendrá sentimiento de separación, sino en su lugar tendrá esa seguridad divina de ser uno con Dios, y por lo tanto se verá libre de todo sufrimiento, tanto corporal como mental o de condición.

El comienzo de la comprensión

El hombre está comenzando a comprender que su vida interior es el mayor don que Dios le ha hecho. Si realmente tiene vida, si esta vida es de la misma naturaleza que la vida de Dios, si es un individuo y tiene el derecho de libre albedrío que constituye la individualidad, entonces se deduce que puede hacer de su vida lo que desee: puede hacer de sí mismo lo que desee. La libertad le pertenece, pero es una libertad dentro de la ley y jamás fuera de ésta. El hombre debe obedecer la ley. Si la desobedece, la ley actúa como tal, y al hacerlo así ha de castigarlo. Esto el hombre no lo puede cambiar, sino que tiene que someterse a ello. La libertad le llega al individuo cuando comprende las leyes de su propia vida, y se ajusta a ellas, o sea, las somete a su uso para los fines de salud, felicidad y éxito.

La ley abarca la naturaleza entera, rige todas las cosas, tanto las visibles como las invisibles. La ley no es física o material, sino mental y espiritual. La ley es el método de operación de Dios. Debemos pensar en Dios como el gran Espíritu, cuyo único impulso es el amor que Él da libremente y sin negarlo a todo aquel que lo pide. Dios es nuestro Padre en el pleno sentido de este término, y nos observa, cuida y ama a todos por igual. Aunque todo es amor, sin embargo, para que las cosas no sean caóticas, todo se rige por la ley. Y en lo que nos concierne a nosotros, *esta ley es siempre mental*.

Nuestro pensamiento rige nuestras condiciones

A una persona corriente le es fácil ver cómo la mente puede controlar y hasta cierto punto regir las funciones del cuerpo. Algunos pueden ir más lejos y ver que es la conciencia la que rige por entero el cuerpo. Esto lo pueden ver sin muchas dificultades, pero no les resulta tan fácil ver cómo el pensamiento gobierna sus condiciones y decide si éstas han de ser éxitos o fracasos.

Aquí nos detendremos para hacer una pregunta: si no es el pensamiento lo que controla nuestras condiciones, ¿qué, entonces, las controla? Hay quien dirá que las condiciones se controlan por las circunstancias. Pero ¿qué son las circunstancias? ¿Son causa o efecto? Por supuesto, son siempre efecto; todo cuanto vemos es un efecto. Un efecto es algo que proviene de una causa, y únicamente tratamos con causalidad. Los efectos no se producen por sí solos, pero lo que los mantiene en su lugar es la mente, no la causalidad.

Si esto no responde a tu pensamiento, vuelve a comenzar y comprende que más allá de todo lo visible está la causa silente. En tu vida *tú eres esa causa*. Nada existe que no sea mente, y nada se mueve si no lo mueve la mente. Ya estamos de acuerdo con que, aunque Dios es amor, nuestra vida se rige tan sólo por la mente, o por ley, de modo absoluto. En las condiciones de nuestra vida somos nosotros la causa, y nada se mueve si nuestra mente no lo hace moverse.

La actividad de nuestra mente es el pensamiento. Actuamos siempre porque siempre pensamos. Y todo el tiempo estamos o atrayendo cosas hacia nosotros o alejándolas de nosotros. En el individuo común este proceso se lleva a cabo sin darse cuenta, sin que él lo sepa conscientemente, pero la ignorancia de la ley no exime a nadie de sus efectos.

«¿Cómo? –dirá alguien–. ¿Cree usted que yo pensaba fracasar o deseaba fallar?» Claro que no. Sería tonto pensarlo así. Pero, según la ley que no podemos negar, debemos pensar que un fracaso puede producirse, o que de cierta manera podemos darle entrada en nuestra mente.

Al pensar de nuevo en la razón de las cosas, hallaremos que estamos rodeados por una mente, o ley, que devuelve al pensador manifestado todo lo que piensa. Si esto no fuese cierto, el hombre no sería individuo. La individualidad sólo puede significar la facultad de pensar lo que nosotros *deseamos* pensar. Si este pensamiento tiene poder en nuestra vida, entonces ha de haber algo que lo manifieste. Algunos, en su ignorancia, están limitados y atados por una ley que a veces se llama *karma*; es la ley que limita al ignorante y da libertad al sabio.

Vivimos en la mente; y la mente sólo nos puede devolver lo que pensamos. No importa lo que hagamos, la ley lo abarca todo. Si uno piensa en sí mismo como pobre y necesitado, la mente no tiene otro remedio que devolver las ideas que se le han introducido. Al principio esto puede ser difícil de comprender, pero la verdad revelará a quien la busca que la ley no puede actuar de ningún otro modo. Cualquier cosa que pensemos es el patrón, mientras que la mente es el constructor. Jesús, al comprender esta ley, dijo que se te ha de dar si has creído. ¿Debemos poner en duda que este gran guía supiera de qué estaba hablando? ¿No dijo acaso que se te ha de dar? No hay de qué preocuparse. «Se te ha de dar.» Con una tremenda comprensión del verdadero pensamiento espiritual, Jesús incluso produjo pan del éter de la vida, y nunca dejó de demostrar que quien conoce la verdad es libre merced a este conocimiento.

Creación inconsciente

Este autor atendió una vez a una paciente que padecía de una gran hidropesía. Se le operó y se le sacaron alrededor de cincuenta libras de agua. Varios días más tarde la hidropesía había vuelto. ¿A qué se debía? No a lo que comía ni a lo que bebía. Tampoco se trasladaba de una parte del cuerpo a otra, ya que esto no hubiera aumentado su peso. Se había creado de elementos que la paciente tomaba del aire. Había provenido de algo físicamente invisible, de nada que pudiésemos ver. Lo que llamamos *creación* es esto mismo: una aparición visible a partir de lo invisible. ¿No es acaso creación este fenómeno?

Casos tan notables como éste ocurren todos los días. No podemos negar este hecho, pero tratemos de explicarlo. En el caso de esta mujer debió de haber una actividad de pensamiento que tomó forma; si no, ¿de dónde iba a surgir esa hidropesía? No hay nada manifiesto, pero existe una causa para la manifestación. Está probado por investigación que tras cada condición, sea ésta corporal o ambiental, hubo algún pensamiento, consciente o inconsciente, que produjo esa condición. En el caso de esta mujer el pensamiento no era consciente. Pero la creación no cesa nunca; hemos de comprender esto y aprender cómo controlarla de modo que sea posible que se crean para nosotros cosas deseables y no aquellas que no queremos. ¿Acaso es sorprendente que la Biblia diga que todo se consigue con la comprensión?

Jesús comprendía todo esto, y por eso para Él hacer lo que hacía no implicaba mayor esfuerzo que el que implica para nosotros respirar o digerir nuestros alimentos. Jesús *comprendía*, y esto era todo. Y como Jesús comprendía y hacía uso objetivamente consciente de estas grandes leyes, la gente piensa que Él era Dios. Y hoy en día, cuando sucede algo inusual, la gente piensa que se ha obrado un milagro. Jesús no era Dios. Era una manifestación de Dios; y también lo son todas las personas. Jesús decía que todas las personas eran dioses y que cada uno era hijo del Altísimo.

En vista de esto, una persona pensante se verá obligada a admitir que la creación es la primera ley espiritual, realizada por medio de la mente, y física en su manifestación.

En realidad, el hombre no crea. Usa el poder creativo ya existente. Hablando relativamente, el hombre es el poder creativo en su propia vida; y en todo lo que piensa hay algo que tiene el poder de realizar la manifestación de aquello en que está pensando. Hasta ahora los hombres han usado este poder creativo desconociéndolo, y por eso se han creado todo tipo de condiciones, pero hoy en día cientos de miles de personas han comenzado a utilizar estas grandes leyes de su ser de una manera consciente y constructiva. En esto consiste el gran secreto de los movimientos del «nuevo pensamiento», que poseen diferentes nombres, cultos y órdenes. Todos utilizan la misma ley, incluso a pesar de que algunos niegan que otros posean la verdadera revelación. Debemos disponer nuestra mente de tal manera que podamos reconocer la verdad dondequiera que la hallemos. El problema es que la mayoría de nosotros, si no ve el azúcar en una azucarera, piensa que se trata de algo distinto, y así nos guiamos por nuestros nimios prejuicios en vez de ir en busca de principios.

Primeros pasos

Lo primero que hay que comprender es que, como todo pensamiento se manifiesta, se deduce necesariamente que ningún pensamiento deja de hacerlo, porque, si no, ¿cómo podríamos saber que el pensamiento determinado que tenemos ahora sería capaz de crear? No es un problema de todo o nada. Exactamente igual que el poder creativo de la tierra recibe todas las semillas que se depositan en ella y de inmediato empieza a trabajar sobre ellas, así la mente ha de recibir todo pensamiento y en seguida empezar a obrar sobre él. Por lo tanto deducimos que todo pensamiento tiene cierto poder en nuestra vida y sobre nuestras condiciones. Estamos conformando nuestro medio ambiental con el poder creativo de nuestro pensamiento. Dios nos ha creado así, y no podemos evitarlo. Al conformar nuestra vida y nuestro pensamiento de acuerdo con una mayor comprensión de la ley, seremos capaces de introducir en nuestra experiencia sólo aquello que deseamos, dejando fuera todo lo que no deseamos experimentar y aceptando las cosas que queremos.

Cada persona vive rodeada de una atmósfera mental. Esta atmósfera mental es el resultado directo del pensamiento, el cual, a su vez, se convierte en la razón directa para la causa de aquello que entra en nuestra vida. A través de este poder somos capaces de atraer o repeler. Lo similar atrae a lo similar, y atraemos a nosotros precisamente lo que somos en la mente. Es también cierto que nos vemos atraídos por aquello que es mayor que nuestra experiencia previa al encarnar primero la atmósfera de nuestro deseo.

Cada actividad, cada lugar, cada persona, todo posee una cierta atmósfera mental propia. Esta atmósfera decide qué es lo que ha de ser atraído hacia ella. Por ejemplo, nunca se ha visto a un hombre de éxito que viva rodeado de una atmósfera de fracaso. Las personas de éxito piensan en el éxito. Un hombre de éxito se siente pletórico de un algo sutil que impregna todo cuanto hace con una atmósfera de confianza y fuerza. En presencia de algunas personas sentimos que no existe nada imposible de emprender; nos sentimos exaltados; nos sentimos inspirados para hacer grandes cosas, para lograrlo; nos sentimos fuertes, firmes, seguros. ¡Qué poder sentimos en presencia de almas grandes, hombres fuertes y mujeres nobles!

¿Nos hemos detenido alguna vez a pensar por qué tales personas tienen ese efecto sobre nosotros, mientras que otros al parecer nos deprimen, nos aplastan, y en su presencia nos sentimos como si la vida fuese una carga pesada? Un tipo es positivo, y el otro, negativo. En el sentido físico son exactamente iguales, pero uno tiene un poder mental y espiritual que el otro no tiene, y sin ese poder el individuo apenas puede tener esperanza de hacer muy poco. ¿A cuál de los dos preferimos? ¿Con cuál nos gustaría asociarnos? Seguramente no con aquel que nos deprime; de eso ya tenemos suficiente. Pero ¿y el hombre que nos inspira el sentimiento de nuestra propia valía? Ah, él es el hombre al que recurriremos en toda ocasión. Incluso antes de que lleguemos a él, en nuestro apuro por estar en su cercanía, por escuchar su voz, ¿acaso no sentimos cómo una fuerza viene a nuestro encuentro? ¿Creen acaso que este hombre, que tiene tan magnífico poder de atracción, podría alguna vez estar falto de amigos? ¿Tendrá alguna vez que aspirar a una posición? Ya tantas posiciones se le ofrecen que sopesa en su mente cuál ha de aceptar. Él no tiene que llegar a ser un éxito. *Es* ya un éxito.

Pensamientos de fracaso, limitación o pobreza son negativos y deben ser expulsados de nuestra vida para siempre. Alguien podría decir: «Pero y los pobres, ¿qué vamos a hacer con ellos? ¿Han de quedarse sin ayuda?». No, mil veces no. Ellos poseen el mismo poder que los demás hombres. Serán siempre pobres hasta que despierten y comprendan lo que es la vida. Toda la caridad de la tierra jamás ha podido acabar con la pobreza, ni jamás lo podrá. De haber sido posible, ya se hubiera hecho; no lo ha podido, por lo tanto es imposible. Se hará a un hombre un bien mil veces mayor con enseñarle cómo lograr éxito que con decirle que lo que le hace falta es caridad. No necesitamos prestar oído a todos los que lloran sus miserias. Dejémoslos que lloren si esto les hace algún bien. Dios nos ha dado un poder y debemos usarlo. Podemos hacer mucho más para la salvación del mundo ateniéndonos a esta ley que todo cuanto la caridad jamás le ha dado.

Precisamente aquí, en el diverso mundo de hoy, hay más dinero y provisión de lo que este mundo puede utilizar. No se utiliza siquiera un mínima fracción de la riqueza del mundo. Inventores y descubridores aumentan a diario esta riqueza; ellos son los verdaderos hombres. Pero en medio de la abundancia, rodeado de todos los dones del cielo, el ser humano está sentado y ruega por su pan de cada día. Hay que enseñarle a comprender que ha sido él mismo quien se ha impuesto esas condiciones; que en vez de culpar a Dios, al hombre o al diablo por las circunstancias que lo rodean, debe aprender a buscar la verdad, a dejar que los muertos entierren sus muertos. Debemos decir a cada ser humano que crea en lo que es su verdadera naturaleza; mostrarle cómo sobreponerse a sus limitaciones; darle valor; indicarle el camino. Si no nos cree, si no va por este camino, no es falta nuestra, y al haber hecho todo cuanto podíamos, hemos de seguir nuestro propio camino. Podemos compadecernos de *personas*, pero nunca de dificultades, limitaciones o miserias. Si las personas persisten en aferrarse a sus dificultades, toda la caridad del mundo se verá incapaz de ayudarles.

Hay que recordar que Dios es ese silencioso poder que se halla tras todas las cosas, siempre dispuesto a manifestarse cuando le proporcionamos los canales apropiados, que son una fe receptiva y positiva en la evidencia de las cosas que no son perceptibles para el ojo físico y, sin embargo, son eternas en el cielo.

Todo es mente, y debemos darle una acogida receptiva cuando pasa a través de nosotros para hallar una expresión externa en nuestros asuntos. Si permitimos que la opinión del mundo controle nuestro modo de pensar, entonces ésta va a ser nuestra manifestación. Si, por otra parte, nos alzamos por encima del mundo, sí haremos algo nuevo.

Hay que recordar que todos los hombres hacen manifestaciones, sólo que la mayoría de ellos hacen las que sólo son factibles con sus actuales poderes de percepción.

Cómo alcanzar la fuerza

Cerciorémonos de utilizar la actitud mental correcta en todo cuanto hacemos, con tal coraje y fuerza que todos los pensamientos de debilidad huyen de nosotros. Si te asalta algún pensamiento de debilidad, pregunta: ¿es la vida débil? Si la vida no es débil, y si Dios no es pusilánime, esto quiere decir que tampoco nosotros lo somos, lo seremos ni lo podremos ser jamás. Me gustaría ver cómo un pensamiento enfermizo y pusilánime podría resistir a tal actitud mental.

¡No! La vida es fuerte y tú eres fuerte con la fuerza del Infinito; olvida todo lo demás una vez que esta fuerza se te revele. Eres fuerte y puedes decir: «Yo soy». Has estado obrando bajo una ilusión; ahora ya no estás ilusionado. Ahora conoces, y conocer es usar la ley de un modo constructivo. «Yo y el Padre somos Uno»; ésta es la fuerza para el débil, y la vida para todo el que cree.

Podemos llenarnos tanto con el gran poder de atracción que éste llegará a ser irresistible. Nada puede impedir que las cosas lleguen al hombre que sabe que está tratando con el mismo poder que lo crea todo a partir de sí mismo, que lo mueve todo dentro de sí mismo, y sin embargo mantiene todas las cosas en su lugar. Soy uno con la Mente Infinita. Deja que esto suene dentro de ti muchas veces al día hasta que alcances esa estatura, esa mirada, esa penetración.

Para asegurarnos de que lo que estamos creando es la atmósfera mental correcta y atraer así lo que deseamos, debemos ante todo vigilar nuestro pensamiento, para no crear aquello cuya manifestación nos sea indeseable. En otras palabras, *debemos pensar sólo en aquello que deseemos experimentar.* Todo es mente, y la mente devuelve al pensador sólo aquello que éste piensa. Nada jamás sucede por casualidad. La ley rige toda la vida, y todas las personas vivimos bajo esta ley. Pero esta ley, en lo que a nosotros respecta, somos nosotros mismos quienes la ponemos en marcha, y lo hacemos por medio del poder de nuestro pensamiento.

Cada persona está viviendo en un mundo de su propia hechura, y debería tan sólo decir las palabras e idear los pensamientos que le gustaría que se manifestaran en su vida. No debemos escuchar, pensar, hablar, leer u oír nada que nos pueda limitar de alguna manera. No existe posibilidad alguna en este mundo de que pensemos dos cosas diferentes y obtengamos un solo resultado; esto es imposible, y cuanto más pronto lo comprendamos tanto antes alcanzaremos el éxito. Esto no significa que tengamos que temer a pensar por no crear una imagen negativa, sino que la manera de pensar de la mayoría de las personas no puede producir otra cosa que fracaso; por eso son tan pocos los que llegan a tener éxito.

La persona que va a tener éxito no se lamenta nunca de los errores del pasado. Perdonará lo pasado en su propia vida y en las de otras personas. Si comete un error, se lo perdonará al momento. Ha de saber que, mientras desee algo bueno, no hay nada en el universo que se le pueda oponer. Dios no condena a nadie ni a nada; es el hombre quien condena a todo y a todos.

Dios no hace las cosas comparando Su poder con ningún otro. Dios sabe que, cuando Él habla, es definitivo; y si bien compartimos la naturaleza divina, debemos conocer en nuestras vidas lo mismo que Dios conoce en la Suya.

Soy el amo de mi destino,
soy el capitán de mi alma.

Qué debemos atraer

Siempre ejercemos atracción hacia nosotros, en nuestra vida y en nuestras condiciones, acorde a nuestro pensamiento. Las cosas no son sino manifestaciones externas de conceptos mentales internos. El pensamiento no es sólo poder. Es también la forma de todas las cosas. Las condiciones que atraemos se corresponderán exactamente con nuestras imágenes mentales. Es absolutamente necesario, pues, que un exitoso hombre de negocios mantenga en su mente pensamientos de felicidad, lo cual producirá contento en vez de depresión; ha de irradiar alegría y estar lleno de fe, esperanza y expectativas. Estas actitudes mentales alegres y esperanzadas son indispensables para quien desea realmente hacer cosas en la vida.

Aleja de tu mente, de una vez y para siempre, todo pensamiento negativo. Proclama tu libertad. Sabe que independientemente de lo que otros puedan decir, pensar o hacer, *tú eres un éxito*, lo eres ahora, y nada puede impedirte la realización de tu bien.

Todo el poder del universo está contigo; siéntelo, conócelo y entonces actúa de acuerdo con esta verdad. Sólo esta actitud mental atraerá hacia ti a personas y cosas.

Comienza a descartar, unas tras otras, las falsas opiniones, todas las ideas de que el hombre sea limitado, o pobre, o miserable. Usa ese maravilloso poder de voluntad que Dios te ha dado. Niégate a pensar en un fracaso o a poner en duda tu propio poder.

Ve tan sólo lo que quieras experimentar, y no mires nada más. Cada vez que te asalte el viejo pensamiento, destrúyelo con tu certeza de que ya no tiene poder sobre ti. Míralo de frente y dile que se vaya; no te pertenece, y debes saber –y aférrate a ello– que ahora eres libre.

Álzate con toda la fe de quien conoce con qué se las tiene que ver y proclama que eres uno con la Mente Infinita. Sabe que no puedes separarte de esta Mente; que dondequiera que vayas, aquí, allá, justo a tu lado, siempre a tu disposición, se encuentra todo el poder que existe en el universo. Cuando comprendas esto, sabrás que en unión con este poder, el único que existe, *tú* eres más que todos los demás, *tú* eres más que cualquier cosa que pueda sucederte.

Más sobre el poder de atracción

Recuerda siempre que el Espíritu hace las cosas a partir de sí mismo. Se manifiesta en el mundo visible trasformándose en cosas que desea llegar a ser. En el mundo del individuo ocurre el mismo proceso. Al hombre se le ha otorgado el uso del poder creativo, pero con el uso de este poder llega la necesidad de usarlo, ya que está hecho para que se le use. Si Dios hace las cosas a partir de Su pensamiento antes de que éstas se manifiesten, entonces nosotros debemos usar el mismo método.

Sólo puedes atraer aquello que primero has llegado a ser mentalmente y sentirte a ti mismo lo que eres en realidad, sin duda alguna. Una firme corriente de conciencia en una mente creativa atraerá una firme manifestación de condiciones; una corriente fluctuante de conciencia atraerá a tu vida la correspondiente manifestación o condición. Debemos ser consistentes en nuestra actitud mental, no vacilar nunca. James dice: «Pide con fe, sin dudar de nada, ya que las dudas son como el oleaje marino, que el viento lleva y sacude. Pues no piense el hombre que ha de recibir nada del Señor».

Todos estamos inmersos en un aura de nuestro pensamiento. Esta aura es el resultado directo de todo cuanto hemos dicho, pensado o hecho. Es esta aura la que decide lo que ocurrirá en nuestra vida; atrae lo que es similar a ella y rechaza lo que es diferente. Nos lleva hacia aquellas cosas que, mentalmente, encarnamos. La mayoría de los procesos internos del pensamiento han sido inconscientes; pero cuando comprendemos la ley, todo cuanto tenemos que hacer es encarnar conscientemente nuestro deseo y pensar sólo en él, y entonces, en silencio, se nos llevará hacia lo que deseamos.

Tenemos esta ley en nuestras manos para hacer con ella lo que deseemos. Podemos atraer lo que queremos sólo si abandonamos el orden antiguo y emprendemos el nuevo. Y esto hemos de hacerlo con la exclusión de todo lo demás. Ésta no es tarea para una persona débil, sino una empresa digna de un alma fuerte, con confianza en sí misma; y el fin merece el esfuerzo. La persona capaz de mantener su pensamiento fijo en una sola dirección será quien obtenga los mejores resultados.

Pero esto no implica la necesidad de tensión o de algún esfuerzo agotador; todo lo contrario, el agotamiento es lo que debemos evitar. Cuando sabemos que existe un solo poder, no tenemos que luchar, sino tan sólo conocer y, en calma, ver solamente aquello que sabemos que debe ser la Verdad. Esto significa una persistente y firme determinación de pensar en lo que deseamos pensar, independientemente de toda evidencia externa que nos impulse hacia lo contrario. Buscamos lo invisible, y no lo que está a la vista. El rey de Israel lo comprendía cuando, al ver la hueste enemiga que avanzaba, dijo: «No tenemos poder contra esta gran compañía, pero nuestros ojos están puestos en Ti», o sea, en el Poder Único.

Cómo atraer amigos

El hombre que ha aprendido a amar a todas las personas, no importa quiénes sean, encontrará a muchísimos que le devolverán este amor. Esto no es un mero sentimiento, y es más que una actitud mental religiosa; es un profundo hecho científico al que debemos prestar atención. Y es por esta razón: como todo está en la mente, y como atraemos hacia nosotros lo primero que asumimos, mientras no aprendamos a amar no emitiremos vibraciones de amor, y mientras no emitamos vibraciones de amor no podremos recibir amor como respuesta.

Una de las primeras cosas que hay que hacer es aprender a amar a todos. Si aún no lo has hecho, comienza a hacerlo de inmediato. Las personas siempre tienen más cualidades buenas que malas, y ver lo bueno tiende a resaltarlo. El amor es el mayor poder curativo e influyente en el mundo. Es la razón misma de nuestra existencia, y esto explica por qué las personas necesitan tener algo o a alguien que amar.

El ser que no ha amado no ha vivido; permanece muerto. El amor es el único impulso de la creación; y el hombre que carece en su vida de este enorme incentivo no puede desarrollar jamás el verdadero instinto creador. Nadie puede entrar en lo Universal sin el amor, ya que el universo entero está basado en él.

Cuando descubrimos que no tenemos amigos, lo que hay que hacer en seguida es enviar nuestro pensamiento al mundo entero, enviarlo lleno de amor y afecto. Has de saber que este pensamiento se encontrará con deseos de alguna otra persona que está deseando lo mismo, y de alguna manera los dos llegarán a reunirse. Deja de pensar que las personas son extrañas entre sí. Esta clase de pensamientos sólo puede producir malentendidos y nos hace perder amigos que ya tenemos. Piensa que el mundo entero es tu amigo; pero también tú has de ser amigo del mundo entero. De esta manera y con esta sencilla práctica atraerás a tantos amigos que el tiempo te será corto para disfrutar de su amistad. Niégate a ver el aspecto negativo de nadie. No te permitas interpretar mal a nadie ni que te interpreten mal a ti. No seas morboso. Sabe que todos desean que tengas lo mejor; afirma esto dondequiera que vayas y entonces hallarás que las cosas son exactamente tal y como deseas que sean.

La atmósfera creada por una persona que ama de veras al género humano es tan poderosa que, aunque tenga muchas debilidades, de todos modos el mundo le devolverá su amor. «A quien mucho ha amado mucho se le perdonará.» La gente se muere por hallar un verdadero interés humano, por tener a alguien que les diga que son personas de valer. ¿A quién queremos mejor: al que siempre nos busca problemas y encuentra defectos, o al que mira el mundo como amigo y lo ama? Esto ni hay que preguntarlo; sabemos que deseamos la compañía de la persona que ama, es amoroso y olvida todo lo demás.

La única razón por la que creemos que las personas son «extrañas» es que no aciertan a pensar igual que nosotros. Debemos superar esta actitud mezquina e indigna y ver las cosas ampliamente.

La persona que ve lo que desea ver, independientemente de su apariencia, experimentará algún día en lo externo lo mismo que ya ha visto, lleno de fe, en su interior.

Ya sólo por motivos egoístas, si no por causas más elevadas, no podemos permitirnos el lujo de hallar defectos, u odiar, o siquiera guardar un rencor mental contra ninguna alma viviente. El Dios que es amor no puede escuchar la plegaria de un hombre que no es amor. Por lo tanto, amor y cooperación han de convertirse, en todos los asuntos, en el mayor principio en la tierra. «Dios es Amor.»

Debemos crear nuestra unidad con todas las personas, con todo lo vivo. Debemos afirmar a Dios en nosotros unidos a Dios en todo. Este Uno ahora está atrayendo a nuestra vida todo el amor y toda la camaradería. Soy uno con todas las personas, con todas las cosas, con toda la vida. Mientras escucho en silencio, la voz de toda la humanidad me habla y responde al amor que le doy.

Este gran amor que ahora siento hacia el mundo es el amor de Dios; es sentido y correspondido por todos. Nada se produce entre las personas si no existe entre ellas nada que no sea amor. Comprendo a todos los seres humanos, y esta comprensión todos los seres humanos me la devuelven reflejada. Doy ayuda, por lo tanto me ayudan. Doy apoyo, y por lo tanto me apoyan. Nada puede estropear esta imagen perfecta de mí mismo y mis relaciones con el mundo; ésta es la verdad. Ahora todo cuanto me rodea es amor, amistad, camaradería, salud, felicidad y éxito. Soy uno con la vida. Espero en silencio mientras el Gran Espíritu lleva este mensaje al mundo entero.

El control del pensamiento

El hombre que puede controlar su pensamiento es capaz de tener y hacer lo que desee; cualquier cosa es suya con sólo pedirla. Debe recordar que todo lo que consiga es suyo para usarlo, pero no para poseerlo. La creación fluye siempre, y tenemos de ella tanto cuanto podamos tener y usar; más podría causarnos estancamiento.

Nos hemos liberado de todo pensamiento de aferrarnos a alguien o algo. ¿Puede el Gran Principio de la Vida crear para nosotros más rápido de lo que podamos gastar y utilizar? El universo es inagotable; carece de límites; desconoce fronteras y no tiene confines. No dependemos de un junco que el viento agita, sino del *principio de la vida misma*, para todo cuanto deseamos, tenemos o tengamos jamás. No se trata de *algún poder*, ni siquiera de *un gran poder*, volvemos a repetirlo: se trata de TODO EL PODER. Todo cuanto tenemos que hacer es creer esto y actuar en consecuencia, sin vacilar nunca, ni una sola vez, pase lo que pase. En cuanto lo hagamos, veremos que las cosas fluyen hacia nosotros continuamente, que nos llegan sin ese tremendo esfuerzo que hace perder la paz a la mayoría del género humano. Sabemos que en la Mente Divina no puede haber fracaso, y esta Mente es el Poder del que dependemos.

Ahora bien, precisamente porque dependemos de la Mente Divina, no hemos de pensar que no tengamos que poner de nuestra parte. Dios obrará a través de nosotros si lo permitimos, pero debemos actuar en lo externo mostrándonos seguros de nosotros mismos. Nuestra parte es creer, y luego actuar con fe.

Jesús fue a la tumba de Lázaro creyendo y sabiendo que Dios obraba por Su medio. Con frecuencia tenemos que ir a algún lugar o hacer algo, y debemos estar profundamente convencidos de que nos acompañará un poder que es absolutamente innegable. Cuando sentimos ese lugar seguro en nuestro pensamiento, todo cuanto tenemos que hacer es actuar. Sin duda alguna, *el poder creativo del universo responderá; siempre lo hace.* Y por lo tanto no necesitamos preocuparnos, sino «dar a conocer nuestras demandas con agradecimiento».

Cuando Jesús dijo que todas las cosas por las que rogamos y pedimos con fe, creyendo que las vamos a recibir, se nos darán, estaba afirmando una de tantas profundas verdades que para Él estaban tan claras y que nosotros sólo empezamos a entrever. Jesús sabía que todo se hace en la mente, y que sin esa aceptación positiva por parte del individuo no puede haber molde en que la mente pueda verterse para tomar forma. En la mente de Dios hay un molde correcto, el verdadero conocimiento, pero en la mente del hombre no siempre hay conocimiento verdadero. Ya que Dios sólo puede obrar *para* nosotros obrando *a través de* nosotros, nada puede hacerse si no somos positivamente receptivos, sino tan sólo si conocemos la ley y cómo ésta funciona, y entonces obtendremos esta completa aceptación interna. Haciéndolo así permitimos que el Espíritu obre, que nos otorgue el don.

La razón por la cual hemos de dar a conocer nuestras demandas con agradecimiento es porque sabemos desde el comienzo que se nos dará lo que pedimos, y por lo tanto no podemos dejar de estar agradecidos. Esta actitud agradecida hacia el Espíritu nos sitúa en un contacto muy íntimo con el poder y añade mucho a la realidad de aquello que estamos tratando. Sin esto muy poco podemos hacer. Así que cultivemos toda la gratitud que podamos. Con gratitud enviaremos al mundo nuestros pensamientos, y, cuando vuelvan, volverán cargados con los frutos del Espíritu.

Creando atmósfera

Ahora que el alumno ha comprendido que todo es mente y que todo se gobierna por la ley, tendrá otro pensamiento: es sobre lo que él puede crear o lo que ha sido creado para él a partir de su propio pensar. Puede crear una atmósfera mental de éxito tan fuerte que su poder de atracción será irresistible. Puede enviar su pensamiento a través del mundo y hacer que le traiga lo que desee. Puede llenar su lugar de actividad de tanto poder,

31

que éste le traerá éxito de todas partes, de lejos y de cerca. El pensamiento siempre nos trae de vuelta lo que enviamos hacia fuera. Ante todo debemos despejar nuestra mente de toda incredulidad. Este libro está escrito para los que creen; y para los que creen, se convertirá en la verdad de su vida.

Sin la claridad mental por parte del pensador, no puede hacerse ningún verdadero trabajo creativo. Al igual que el agua alcanza su propio nivel, así la mente nos devolverá tan sólo aquello en que primero hemos creído. Siempre obtenemos aquello en que creemos, pero no siempre lo que deseamos. Nuestro pensamiento tiene el poder de alcanzar, en las formas externas de condiciones, una correspondencia exacta con nuestras condiciones internas.

Al pensar, ponemos en marcha un poder que crea. Será exactamente igual a lo que pensamos. Sembramos en la mente una idea, y la mente la crea para nosotros y la sitúa en el sendero de nuestra vida. Así que piensa que tu mente es tu mejor amiga. Te acompaña siempre dondequiera que vayas. No te abandona jamás. Nunca estás solo. No existen dudas, ni miedos ni sorpresas; tú *sabes*. Vas a usar el único poder que existe en el universo. Vas a usarlo para un propósito definido. Ya has fijado este propósito en tu pensamiento; ahora vas a proclamarlo.

Lo estás diciendo por tu propio bien. Deseas sólo el bien y sabes que sólo el bien puede llegar a ti. Has logrado tu unidad con la vida, y ahora la vida te va a ayudar en tus asuntos.

Vas a establecer en tu espacio una atmósfera tal de éxito que ésta se volverá un poder irresistible; barrerá con todo en su camino porque va a realizar la grandeza y la Omnipotencia del

Uno. Estás tan seguro que ni siquiera intentas saber si esto ha de suceder; lo SABES.

Y ahora la palabra, que es una con la Vida Infinita, ha de decirse con calma y perfecta confianza. Será captada y, de inmediato, se obrará sobre ella. El patrón es perfecto, e igualmente perfecto será el resultado. Te ves rodeado por lo que deseas. Tu palabra lo está estableciendo así por medio de una vida perfecta, una actividad infinita, todo el poder y toda la orientación. El poder del Espíritu atrae ahora hacia ti a todas las personas; te aporta todo el bien; te llena de todo lo que es vida, verdad y amor.

Espera en silencio absoluto mientras el poder interno lo recoge. Y entonces has de saber que ya está en ti. De esta palabra emana el poder del Infinito. «Las palabras que digo son espíritu y son vida.»

El poder de las palabras

La palabra del hombre, pronunciada en la mente creativa, está dotada del poder de expresión. «Por nuestras palabras se nos justifica y por nuestras palabras se nos condena.» Nuestra palabra posee la cantidad exacta de poder que ponemos en ella. Esto no significa poder por medio de esfuerzo o tensión, sino poder que da la convicción absoluta o la fe. Es como un pequeño mensajero que sabe lo que está haciendo y sabe cómo exactamente debe hacerlo. Expresamos con nuestras palabras la inteligencia que somos, y, devueltas por esa inteligencia suprema que es la Mente Universal, nuestra palabra se hace ley en lo que se refiere a la cosa que designa. Jesús lo comprendía mucho mejor que nosotros. De hecho, Él lo creía absolutamente, ya que dijo que el cielo y la tierra dejarían de existir, pero Sus palabras no desaparecerían sin tener su cumplimiento.

Esto hace que nuestra palabra sea inseparable de la Inteligencia y el Poder Absolutos. Ahora bien, si una palabra tiene poder, de ahí se deduce que lo tienen todas las palabras. Algunas palabras tienen un poder mayor que otras, según nuestra convicción, pero todas las palabras tienen algún poder. Cuán cuidadosamente, pues, debemos elegir las palabras cuando hablamos.

Todo esto prueba que realmente somos uno con la Mente Infinita, y que nuestras palabras poseen el poder vital dentro de ella; que la palabra está siempre con nosotros y nunca nos abandona. La palabra está dentro de nuestra propia boca. Cada vez que hablamos estamos usando poder.

En la mente, somos uno con el universo entero; en esta mente, a todos nosotros nos une eternamente un poder real. Será nuestra propia culpa, si no usamos esta verdad después de haberla visto.

Debemos sentirnos rodeados por esta mente, esta gran vida que late, esta omnisapiente realidad. Cuando sí sentimos esta cercana presencia, este enorme poder y vida, entonces todo cuanto tenemos que hacer es hablarle, hablarle con toda la convicción positiva del alma que ha hallado su fuente y, por encima de todo, no temer jamás que esta fuente se vaya a agotar aun cuando hayamos creído.

¡Qué poder tan maravilloso, qué novedad de vida y de poder de expresión espera a quienes creen de veras! ¿Qué no puede alcanzar el género humano cuando los hombres se despiertan ante los verdaderos hechos del ser? Y sin embargo, el género humano no ha comenzado a vivir, aunque ya se acerca el momento. Miles de personas usan ya este gran poder, y otros miles esperan, impacientes, por la llegada del nuevo día.

Por qué es necesario creer

Cada vez que oramos debemos creer. Nuestra idea de lo que es una plegaria no se reduce tan sólo a pedir a Dios las cosas que necesitamos. Como hemos dicho, este creer anticipado es necesario porque todo es mente, y, mientras no hemos aportado esta aceptación plena, no tenemos hecho el molde donde la mente pueda verterse y a través del cual pueda manifestarse. Esta fe positiva es absolutamente esencial para un verdadero trabajo creativo; y si hasta el presente no la tenemos, debemos desarrollarla.

Todo es ley, y la causa y el efecto funcionan durante toda la vida. La mente es causa, y lo que denominamos *materia*, o *lo visible*, es efecto. Al igual que el agua se congelará adoptando la forma de su recipiente, así la mente se consolidará sólo en formas que adopte nuestro pensamiento. El pensamiento es forma. El individuo provee la forma; nunca crea o se manifiesta por sí solo; hay algo que hace todo esto por él. Su única actividad es hacer uso de este poder, poder que está siempre a mano dispuesto a atender y a la vez dar expresión visible a las palabras. Pero el molde que provee la mayoría de nosotros es muy pobre, y lo cambiamos con tanta rapidez que más que cualquier otra cosa parece una película.

Ya poseemos el poder; es un don del Altísimo en su Expresión Finita. Pero nuestra ignorancia acerca de su uso ha sido la causa de que hayamos creado la forma equivocada, lo cual a su vez ha causado que la mente produjera la forma en que había pensado.

Jamás podremos tener esperanza de escapar de esta ley de causa y efecto; y aunque podamos pensar que, al principio, es algo difícil, sin embargo, al comprenderla, la veremos como justicia absoluta sin la cual no podría haber ninguna verdadera acción personal, ninguna vida individual. A causa de nuestra divina individualidad, incluso Dios puede tener que esperar que reconozcamos a Él y Sus leyes.

Los hombres de negocios harían bien en recordarlo y, de esta manera, formar su pensamiento de modo que estén dispuestos a recibir lo que emitan. Jamás deben crearse pensamientos de desaliento o desorden, sino tan sólo seguridad positiva, fuertes pensamientos de éxito, de actividad divina, el sentimiento de que con Dios todas las cosas son posibles, la fe en que somos Uno con esa Gran Mente. Éstos son los pensamientos que traen éxito.

La comprensión de que estamos tratando con un solo poder y no con dos nos permite pensar con claridad. No nos sentimos preocupados por la competencia o la oposición o el fracaso, porque lo único que existe es la vida, y esta vida nos da incesantemente todo cuanto le podamos pedir, desear o pensar.

Ahora podemos ver lo esencial que es que el pensamiento sea bien dirigido; que debemos pensar siempre y tan sólo en aquello que deseamos, sin permitir nunca que nuestra mente se enfoque en algo diferente. Es de esta manera como el Espíritu obra a través de nosotros.

Donde tantos fracasan

El individuo corriente, que está atendiendo sus negocios, hace inconscientemente aquello que debemos evitar; y luego se asombra de no obtener los resultados que desea. La mayoría de las personas está simplemente deseando o anhelando algo; pueden incluso tener un gran deseo o esperanza. Pueden hasta llegar a creer que su deseo se va a realizar. Todo esto está bien, hasta cierto punto, pero es insuficiente. Lo que debemos tratar de alcanzar es la actitud de «ya haber recibido». Esto, al principio, puede parecer difícil, pero podemos ver con facilidad que es necesario; y como es la única manera en que funciona la mente, esto es lo que debemos hacer.

El poder existe, y la mente existe, y la vida existe, pero para expresarse en nuestra vida deben fluir a través de nosotros. Estamos tratando con la ley; y es preciso obedecer a la naturaleza primero para que ésta obre en nuestro favor. Sólo comprende que esta ley es tan natural como cualquier otra de las leyes de Dios, y úsala con la misma inteligencia con que utilizarías la ley de la electricidad; entonces alcanzarás los resultados que deseas. Aportamos al pensamiento la forma alrededor de la cual se desempeñan las energías divinas y hacia la que atraen las condiciones necesarias para que el pensamiento se cumpla.

Cuando nos dedicamos a esto por entero, es todo cuanto tenemos que hacer, pero antes tenemos que liberar nuestra mente de todo miedo, de todo sentimiento de separación de la Mente Divina. La ley existe, pero tenemos que hacer que se cumpla, o sea, utilizarla en nuestra propia vida. Nada puede sucedernos que no sea antes una creencia aceptada en nuestra propia conciencia. No siempre podemos estar conscientes de lo que ocurre en nuestro interior, pero con práctica seremos capaces de controlar cada vez más nuestro pensamiento, de modo que podamos pensar lo que queremos pensar, independientemente de lo que nos pueda parecer que ocurra.

Cada persona posee en su interior la capacidad de conocer la ley y utilizarla, pero es preciso que la desarrolle conscientemente. Esto se logra con la práctica y con la voluntad de aprender y utilizar todo cuanto conozcamos hasta el momento.

El individuo que posee el mayor poder es quien tiene la mayor comprensión de la Presencia Divina y para quien ésta es ante todo un principio activo de la vida.

Todos necesitamos tener más firmeza en nuestros deseos y esperar menos de la buena suerte. Existe algo que sólo espera ser reconocido por nosotros para cobrar vida y aportarnos todo el poder del universo.

Usar la imaginación

Imagínate rodeado por una mente, tan plástica, tan receptiva que capta la más ligera impresión de tu pensamiento. Asume todo cuanto pienses y lo ejecuta para ti. Cada pensamiento se recibe y se actúa sobre él. No algunos pensamientos, sino todos ellos. Todo patrón que proveamos será nuestra manifestación. Si no podemos sobreponernos a la idea de que somos pobres, pues seguiremos siéndolo siempre. En cuanto seamos ricos en nuestro pensamiento, lo seremos en nuestra expresión. Éstas no son meras palabras sino la verdad más profunda que jamás ha poseído el género humano. Cientos de miles de pensadores muy inteligentes y personas muy dotadas espiritualmente de nuestros tiempos comprueban esta verdad. No estamos tratando con ilusiones sino con realidades; a quien ridiculice estas ideas, no le prestes más atención que al soplo del viento.

Elige en lo más hondo de tu alma lo que deseas llegar a ser, lo que quieres alcanzar; guárdalo para ti. Todos los días, en el silencio de la convicción absoluta sabe que ahora esto está hecho. Está hecho en la medida en que a *ti* te concierne, al igual que lo será cuando lo experimentes en lo externo. Imagínate ser lo que deseas. Ve solamente lo que deseas, niégate a pensar tan siquiera en ninguna otra cosa. Aférrate a ello, no dudes nunca. Di muchas veces al día: «Soy [tal cosa]»; comprende lo que esto significa: significa que el Gran Poder Universal de la Mente *es* precisamente esto, y no puede fracasar.

El derecho de elección que posee el hombre

El hombre ha sido creado como individuo y, como tal, posee el poder de elección. Muchos piensan al parecer que el hombre no debería elegir, que desde el momento que ha pedido al Espíritu que lo guíe, ya no tiene necesidad de actuar o elegir. Esto lo enseñan muchos maestros, pero no está de acuerdo con nuestra individualidad. Si no tuviésemos este privilegio, este poder de elección, no seríamos individuos. Todo cuanto *tenemos que* aprender es que el Espíritu puede elegir a través de nosotros. Pero cuando esto sucede, esto no es una acción por parte nuestra. Incluso aunque digamos: «No voy a elegir», de todos modos elegimos, pues estamos eligiendo no elegir.

No podemos escapar al hecho de que hemos sido creados de tal manera que cada paso de la vida es una constante elección. Todo cuanto tenemos que hacer es seleccionar lo que sentimos como correcto y saber que el universo nunca nos negará nada. Nosotros elegimos y la Mente crea. Debemos intentar por todos los medios elegir aquello que exprese siempre una vida superior y debemos recordar que el Espíritu siempre trata de expresar amor y belleza a través de nosotros. Si nos atenemos a éstos y si obramos en armonía con el gran poder creativo, no hemos de tener necesidad de abrigar dudas sobre su disposición a obrar para nosotros.

Debemos saber con exactitud qué es lo que deseamos para lograr su representación mental perfecta. Debemos creer completamente que ahora ya lo tenemos y jamás hacer ni decir nada que lo pueda negar.

La vejez y la oportunidad

Uno de los errores más frecuentes de las personas es creer que son demasiado viejas para hacer cosas. Esto se debe a no comprender qué es la vida en realidad. La vida es conciencia, y no años. El hombre, o la mujer, que tiene setenta años debe ser más capaz de demostrarlo que alguien que sólo tiene veinte. Ha evolucionado hasta un nivel superior de pensamiento, y estamos tratando con el pensamiento y no con condiciones.

Amelia Barr tenía cincuenta y tres años cuando escribió un libro. Más tarde escribió otros ochenta, y todos tuvieron una gran aceptación. Mary Baker Eddy tenía sesenta antes de iniciar su obra, y atendió a todas sus importantes actividades hasta que pasó de este plano a otro superior. El autor de este libro conoció una vez a un hombre de más de sesenta años que creía que ya no tenía posibilidad alguna de éxito, y, al enseñarle estos principios, en un año se convirtió en un exitoso hombre de negocios. Ahora le va bien, y nunca antes había sido tan feliz. La última vez que se le entrevistó, dijo que sus negocios van mejorando por días, y que apenas ha empezado.

Cada día, en su comercio, pide más actividad. Pronuncia la palabra y se siente crecer cada vez más. Si esto no fuese cierto, no valdría la pena vivir la vida. ¿Qué son unos años en la eternidad? Debemos superar estas falsas nociones sobre la edad y la competencia. De hecho, la palabra *competencia* no ha de mencionarse nunca. Las personas que piensan en ella no han conocido la verdad.

La vida es lo que nosotros hacemos desde adentro, y nunca desde fuera. Tenemos exactamente la edad que pensamos tener, sin importar la cantidad de años que hayamos vivido en este planeta.

Manifestación del éxito en los negocios

Todas las manifestaciones ocurren dentro de nosotros. La creación fluye eternamente a través de todas las cosas. La ley obra siempre a partir de este patrón interno. No luchamos contra condiciones, usamos principios que las crean. Lo que podemos abarcar mentalmente, lo podemos llevar a cabo, independientemente de lo difícil que pueda parecer desde el exterior.

Todas las cosas externas no son más que el borde exterior de la actividad interna del pensamiento. Puedes comprobarlo con facilidad por ti mismo. Si tienes algún negocio, digamos, si eres dueño de un puesto de helados o una cafetería, y no te va bien, analiza cuidadosamente tu propio pensamiento y mira qué vas a encontrar ahí. Descubrirás una arraigada creencia de que ese negocio no es bueno. No percibirás sentimiento alguno de actividad. Tampoco encontrarás dentro de tu pensamiento ningún sentimiento de éxito. No tienes esperanzas de que aparezcan muchos clientes.

Ahora supón que alguien viene y te dice: «¿Qué te sucede? ¿Por qué no prospera tu negocio?», la respuesta podría ser: «Parece que a la gente no le gusta lo que vendo», o tal vez algo como: «Soy demasiado viejo para competir con los métodos modernos», o incluso: «Los tiempos que corren son difíciles». Todo esto es pensamiento negativo.

Ahora bien, el hombre con el que estás hablando no cree una sola de tus palabras. Sabe que la causalidad está en la mente y no en la materia, y te dice: «Todo eso está en tu propia mente. Tu problema es que no sientes que el éxito eres tú mismo».

Es posible que ya hayas oído algo de esto; aun así, tal vez le preguntes qué es lo que quiere decir, o quizá pienses que está hablando de algo extraño, pero damos por sentado que estás tan ansioso de hacer algo para hacer prosperar tu negocio que estarás dispuesto a probar cualquier cosa, así que le pedirás que lo explique. Comenzará por decirte que todo es Mente; nada se mueve por sí solo, sino por la Mente, y tú eres el centro de ésta. No comprenderás qué relación tiene todo esto con tu negocio, pero él te dirá que tu pensamiento decide si tu negocio ha de ser un éxito o un fracaso. Entonces te indignarás y le preguntarás si lo que quiere decir es que tú estás deseando fracasar; por supuesto, él sabe que no y te ha de explicar que, aunque deseoso de éxito, estás pensando en el fracaso, estás temiéndolo y que existe una ley que obra según tu pensamiento, sin hacerte preguntas, sino dispuesta de inmediato a su cumplimiento. Sentirás interés y preguntarás cómo puede ser esto; él te responderá con otra pregunta: «¿Cómo surgió todo?», Esto te dará que pensar y, desde luego, comprenderás que hubo un tiempo en que lo único que existía era vida; así que todo lo surgido ha provenido de esta vida, porque lo que vemos tiene que venir de lo que no vemos. Tendrás que admitirlo. Entonces, lo que no ves tiene que ser la Causa de todo, y esto también tendrás que admitirlo; y que esta Causa funciona por Ley, está en todas partes, y también tiene que estar en ti. Esto te resultará difícil de aceptar, pero después de pensarlo mucho comenzarás a comprender que es así. De este modo, sin saber adónde te conducían tus procesos de pensamiento, has admitido que tú, tú mismo, eres la razón de lo que sucede en tu vida, sea éxito o fracaso.

Dios no hubiera podido hacerte de otro modo y que, al mismo tiempo, fueses un individuo con poder de elección. Esto es evidente.

Ahora bien, ¿qué vas a hacer sobre esto? Esto es lo que tienes que hacer: cada vez que tengas pensamientos de fracaso los vas a reemplazar con firmes y radiantes pensamientos de éxito. Pensarás en dar más actividad a tu negocio. Todos los días sólo verás actividad y sabrás que te estás sirviendo de la Ley, la Ley Universal, y así tu pensamiento cobrará tanta seguridad como el pensamiento de Dios.

Todos los días has de dar a la Gran Mente Creativa exactamente lo que desees que suceda. Verás tan sólo lo que desees y, en el silencio de tu alma hablarás y se te cumplirá. Y llegarás a creer que un gran Amor Divino fluye a través de ti y tus asuntos. Y te sentirás agradecido por este Amor.

Este Amor llena tu vida. Satisface tu alma. Eres un hombre diferente. Te sientes tan pletórico de actividad y coraje que, cuando te encuentras con otras personas, éstas se quedan asombradas de tu energía. No desearán otra cosa que entrar en contacto contigo. Se sentirán que esto les eleva el ánimo.

Antes de que pasen unos pocos meses, serás un éxito. La gente acudirá a ti y te preguntará: «¿Cómo lo haces?». La respuesta será la misma que se te dio unos meses antes.

Un hombre que habla al público, que haga lo mismo. Que vea diariamente aglomeraciones de gente que acude a escucharlo. Que no vea más que esto. Y experimentará lo que siente y ve.

Recuérdalo siempre: *la vida es desde el interior hacia el exterior y nunca desde el exterior hacia el interior.* Tú eres el centro de poder de tu vida.

Ten seguridad y no te dejes guiar por falsas sugestiones. El mundo está lleno de los que lloran calamidad; aléjate de ellos, de todos ellos, no importa lo magníficas personas que te parezcan. No tienes tiempo que gastar con nada negativo. Tú *eres* un éxito, y todos los días le das a la Ley exactamente lo que deseas que se haga. Y la Ley siempre obra en tu favor. Todos los miedos han desaparecido y ya sabes que existe solamente Un Poder en todo el Universo. Dichoso es el hombre que conoce esta verdad, la mayor de todas las Verdades.

Todo se reduce a tu capacidad mental de controlar tu pensamiento. El hombre que puede hacerlo, puede *tener* todo cuanto desee, puede *hacer* todo lo que quiera, y puede *llegar a ser* todo lo que se proponga. La Vida, Dios, el Universo le pertenecen.

El dinero es una idea espiritual

Muchas personas piensan que el dinero tiene que ser malo, aunque todavía no he visto a nadie que no desee poseer este mal en grandes cantidades.

Si todo es expresión de la vida, entonces el dinero también lo es y, como tal, tiene que ser bueno. En esta vida, sin una cierta cantidad de dinero, pasaríamos tiempos bastante difíciles. Pero ¿cómo conseguirlo? Éste es el problema crucial. ¿Cómo podemos adquirir riqueza? El dinero no se hace solo, y al no ser autocreativo, tiene que ser un efecto. Más allá del dinero tiene que haber una causa que lo produzca. Esta causa nunca se ve; ninguna causa se ve jamás. La conciencia es causa, y las personas que tienen una conciencia de dinero proyectan hacia fuera su expresión. Las personas que no piensan así no tienen dinero en sus bolsillos.

Lo que necesitamos es adquirir una conciencia de dinero. Esto puede parecer muy material, pero la verdadera idea de dinero no es material, es espiritual. Necesitamos crear nuestra unidad con éste. Nunca podremos hacerlo mientras lo alejemos de nosotros al pensar que no lo tenemos. Cambiemos este método y empecemos a crear nuestra unidad con la provisión declarando a diario que todo el Poder del Universo nos trae todos los días todo cuanto podamos utilizar. Sintamos la presencia de la provisión. Sepamos que ahora es nuestra.

Aprende a sentir que ya posees, y se te ha de dar. Trabaja sobre ti mismo hasta que ya no haya nada en ti que aún tenga dudas. El dinero no se puede mantener lejos del hombre que comprende que todo es Mente y que la Ley Divina rige su vida.

Agradece a diario por la provisión perfecta. Siente que te pertenece, que ya has entrado ahora en su plena posesión.

Niégate a hablar de pobreza o limitación. Aférrate a que eres rico. Ten conciencia de millonario. No hay otra manera, y ésta tendrá su reacción en todo lo que hagas.

Ve cómo el dinero te llega de todas partes, de las más diversas fuentes. Ten la seguridad de que todo trabaja a tu favor.

Haz que la presencia del Poder Omnipotente se realice en tu vida. Háblale directamente y siente que responde a tu llamada.

Cada vez que veas algo o a alguien de quien pienses que posee más que tú, afirma de inmediato que tú posees lo mismo. Esto no significa que poseas lo que es suyo, sino que posees tanto como él. Esto significa que todo cuanto necesites es tuyo.

Cada vez que pienses en algo grande, di en seguida: «Así soy yo». De este modo aprenderás a identificarte, en la Ley, con conceptos de grandeza, y de acuerdo con la manera en que funciona la Ley, esto tenderá a producirla para ti.

No te permitas jamás dudar, ni siquiera por un momento. Sé siempre positivo en cuanto a ti mismo. Sigue observando el funcionamiento interno de tu pensamiento, y la Ley hará el resto.

Acción

El universo se siente pletórico de actividad. Hay movimiento por doquier. Nada se detiene nunca. Toda actividad proviene de la mente. Si queremos ir a la par con las cosas, hemos de movernos. Esto no significa que debamos forzarnos demasiado o luchar, sino que debemos tener voluntad para poner de nuestra parte a fin de que la Ley obre a través de nosotros.

Dios sólo puede obrar en nuestro favor si Le permitimos obrar a través de nosotros. La inteligencia nos da algunas ideas, y a nosotros nos toca trabajar sobre ellas. Pero nuestro trabajo debe hacerse sin dudas ni miedos, ya que sabemos que estamos tratando con algo que jamás se equivoca. Procedemos con una calma y una confianza que nacen de la fe interna en un Poder que es Infinito. Detrás de todo cuanto hagamos hay un gran propósito: dejar que la Ley obre a través de nosotros.

La Ley de Actividad ha de acatarse; tenemos que estar dispuestos a emprender el camino de actividad externa. Jesús fue a la tumba de Lázaro. Es posible que tengamos que ir, pero acompañados de algo que nunca falla.

Debemos usar esta Ley de Actividad en nuestros negocios. Entre los negocios que visitamos hay tantos donde reina una atmósfera de inactividad, que producen un sentimiento tal de somnolencia, que de inmediato perdemos todo el interés hacia lo que allí ocurre. No nos sentimos con ánimo de comprar nada. Abandonamos el lugar sin ninguna razón manifiesta y entramos en otro. Aquí sentimos que todo es vida y movimiento, que todo es actividad. Sentimos la confianza en que éste es el lugar que andábamos buscando. Deseamos comprar aquí. Encontramos exactamente lo que queremos. Nos sentimos satisfechos con nuestra compra y nos vamos contentos.

Ahora bien, para crear esta actividad es esencial tener algo más que pensamiento. No es que éste no sea primordial, sino que quien piensa en la actividad se manifestará, naturalmente, con vigoroso y enérgico movimiento, que le ayudará a producir un espíritu de actividad en su negocio y en todo cuanto emprenda. Dondequiera que veas a un hombre que no se mueve, es porque su pensamiento es inactivo; los dos siempre van juntos.

En un comercio o un negocio, el hombre siempre tiene que mover sus bienes. Siempre tiene algo que hacer. Las personas que lo ven se contagian con el pensamiento de actividad y desean comprar allí. No nos atrae un comercio donde siempre se ven las mismas cosas en los mismos estantes. Al mundo le gusta la acción, el cambio. La acción es Vida.

Si un empleado en un comercio piensa en actividad y comienza a manifestarla, incluso si no está esperando clientes, muy pronto sí los esperará. Esto significa estar alerta. Debes estar alerta siempre. *Debe haber alerta mental antes de que pueda haber cualquier actividad física.*

Actúa como si las cosas estuvieran sucediendo incluso cuando parezca que no sucede nada. Sigue moviendo cosas y pronto tendrás que evitar el apresuramiento. Actividad es talento. La mitad de los comercios donde entramos nos dan sueño antes de que salgamos de allí, y no vemos el momento de hacerlo. La otra mitad viven, y éstos son los que hacen los verdaderos negocios.

El hombre de pensamiento activo no tiene que sentarse para ponerse a pensar; trabaja mientras piensa y así cumple con la Ley, la cual obra a través de él. El pensamiento de actividad le induce movimiento, y el pensamiento de confianza hace que sus movimientos sean seguros, mientras que el pensamiento de Orientación Suprema hace que su trabajo sea inteligente.

Debemos tener cuidado y no caer en la rutina; debemos hacer siempre algo nuevo y diferente, y veremos cómo la vida se convierte en un gran juego donde nos toca hacer de líder.

La vida nunca será tediosa para una mente y un cuerpo activos. La vida es tan interesante que nos preguntamos si alguna vez nos podrá parecer que ya hemos vivido lo suficiente. Algunas personas caen en hábitos mentales tan perezosos que llegan a ser impermeables a toda idea nueva. Las cosas grandiosas han de hacerse por personas que tienen grandes pensamientos y luego salen al mundo para convertir sus sueños en realidad.

Si no puedes encontrar nada nuevo que hacer, ve a casa y cambia de lugar la cama, o el piano; traslada la cocina a la sala y come por una vez en el pasillo de atrás. Esto hará que algo empiece a moverse y cambiar dentro de ti, y ya no se detendrá nunca. La persona muy despierta puede encontrar tantas cosas que hacer que nunca tendrá tiempo ni siquiera para comenzar en esta vida, y sabe que necesita de una eternidad para llevar a cabo las ideas que ya ha desarrollado.

Todo procede de la Mente, pero la Mente actúa sobre sí misma, y debemos actuar sobre nosotros mismos y sobre nuestras condiciones, no como esclavos, sino como amos que somos. Interésate por la vida si quieres que la vida se interese por ti. Actúa en la Vida, y la Vida actuará a través de ti. Así tú también llegarás a ser uno de los grandes de la tierra.

Ideas sobre el infinito

Vamos a suponer que deseamos sacar de la Mente Universal alguna determinada idea, alguna orientación, información o directriz. ¿Cómo vamos a hacerlo? Ante todo debemos estar convencidos de que lo podemos hacer.

¿De dónde provienen todas las invenciones? ¿De dónde tomó Edison su información sobre la electricidad? ¿De qué otra parte, sino de la Mente del Universo? Todo cuanto ha llegado a manos del género humano proviene directamente de la Mente. No existe ningún otro lugar de donde pudiera provenir.

Cada invención no es otra cosa que un descubrimiento de algo que ya existe, aunque no lo hayamos visto antes. ¿De dónde proviene la armonía de la música? ¿Dónde pudo haberse originado, sino en la Mente? ¿Acaso un gran músico no escucha y oye algo que nosotros somos incapaces de percibir? Su oído está en sintonía con la Armonía, y él la capta directamente de la Vida misma y la interpreta para el mundo. Vivimos rodeados por la música de las esferas, pero pocos de nosotros somos capaces de captar su sonido.

Vivimos tan llenos de problemas que la Divina Melodía no se percibe nunca. Si pudiéramos ver, si pudiéramos oír, si pudiéramos comprender, si tan sólo nos diéramos cuenta de la presencia de Todo, ¿qué no seríamos capaces de hacer?

Cuando un gran pensamiento brota de la mente de un individuo, cuando se escribe un gran poema, cuando algún artista receptivo crea una gran obra de arte, es simplemente señal de que el velo separador es muy tenue; el artista ha captado un destello de la realidad.

Pero para la mayoría de nosotros la Inspiración no es algo con lo que siempre podamos contar, y nuestra percepción directa desde el Infinito debe ser más lenta aunque no menos segura. El método es simple y muy eficaz. Cuando quieras tener conocimiento sobre algo o saber cómo comenzar determinada línea de acción, ante todo tienes que estar sereno en tu interior. Es posible que te confunda alguna apariencia externa. No dejes nunca que sus efectos te disturben. No se producen por sí mismos ni tienen inteligencia para contradecirte.

Permanece tranquilo hasta que te percates de la presencia de la Inteligencia Absoluta, la Mente que conoce. Ahora fórmate una imagen perfecta de aquello que deseas. No podrás lograr la imagen hasta saber con exactitud qué es lo que quieres. Pon tu mente en contacto con la Mente Universal explicándole qué es lo que estás esperando. Pídelo, ten fe en que lo habrás de recibir y espera. Unos minutos más tarde di que ahora ya lo conoces, aun cuando pueda no parecer que lo sepas, ya que en las profundidades de la conciencia estás recibiendo información. Da gracias por lo que estás recibiendo. Haz esto todos los días hasta que obtengas alguna pauta. Es bueno hacer esto, en ocasiones, antes de ir a dormir.

Nunca, una vez hecho, niegues el conocimiento que se te ha concedido. Llegará un momento en que alguna idea comenzará a tomar forma. Espérala y, cuando surja, trabaja sobre ella con toda la convicción de alguien que está absolutamente seguro de sí mismo.

Has adquirido la comprensión desde la propia fuente de toda comprensión, y conocimiento desde el propio manantial de conocimientos. Todos podemos hacerlo si somos persistentes. Es una dirección y orientación segura y nunca nos fallará. Pero debemos estar seguros de no negar en otros momentos lo que afirmamos en los instantes de la Fe. Así cometeremos menos errores y, con el tiempo, nuestra vida se verá controlada por la sabiduría y la comprensión supremas.

No seas dependiente

No dependas nunca de otras personas. Posees tu propia fuerza, que te basta y sobra para todo cuanto necesites. El Todopoderoso ha dotado de talento todas las almas, y lo que tenemos que hacer es desenterrar ese talento interno y hacer que brote con brillo. Jamás lo haremos mientras miremos a otros para orientarnos. «Para ayudarte a ti mismo, espera en oscuridad y silencio, y allí te encontrarás con Él.»

Todo el poder y la Inteligencia del Universo ya están en ti en espera de que los utilices. La Chispa Divina ha de ser avivada hasta convertirse en una llama del Fuego viviente de tu propia divinidad.

Independencia es la palabra que hay que extenderse. Escucha tu propia voz; te hablará en términos inequívocos. Confía en ti mismo más que en nadie. Todos los grandes hombres aprendieron a hacerlo. Cada persona, dentro de su alma, está en comunicación directa con la Comprensión Infinita. Cuando dependemos de otros, simplemente tomamos su luz y tratamos de iluminar con ella nuestro sendero. Cuando dependemos de nosotros mismos, dependemos de esa voz interna que habla dentro del hombre y a través de él, voz que es Dios. «El hombre es entrada y salida para todo lo que existe en Dios.» Dios nos ha hecho y ha criado hasta que podamos reconocer nuestra propia individualidad; de ahora en adelante debemos permitirle que se exprese a través de nosotros. Si fuésemos diferentes, no seríamos individuos. «Contemplad que estoy aquí de pie en la puerta y espero.» Esto es una afirmación de la cercana presencia del poder; pero nosotros, los Individuos, debemos abrir la puerta. Esta puerta es nuestro pensamiento, y somos sus guardianes, y al abrir la puerta descubriremos que la Presencia Divina está allí al alcance de la mano, esperando, dispuesta y deseosa a hacer por nosotros todo cuanto podamos creer. Somos fuertes con la fuerza del Infinito. No somos débiles. Somos grandes y no mezquinos. Somos uno con la Mente Infinita.

Cuando tengas que hacer algo importante, guárdalo para ti solo. No se lo digas a nadie. Limítate a conocer en tu propia mente qué es lo que deseas y cállatelo. Muchas veces, cuando pensamos que vamos a hacer algo grande, empezamos a hablar sobre esto, y lo primero que sabemos es que todo el poder parece haber desaparecido.

Lo que sucede es esto: todos dirigimos a la Mente un flujo constante de pensamiento; mientras mayor es su claridad, tanto mejor se manifiesta; si llega a ser dudoso, no habrá una manifestación clara. Si es confuso, sólo manifestará confusión. Todo esto está de acuerdo con la Ley de Causa y Efecto, y no podemos cambiarla. Con mucha frecuencia, cuando decimos a nuestros amigos lo que vamos a hacer, confunden nuestros pensamientos al reírse sobre ellos o al poner en duda nuestra capacidad de lograr algo tan grande. Desde luego, esto no sucedería de ser nosotros siempre positivos, pero si abrigamos aunque sea una pizca de negatividad, ésta hará reacción y perderemos el poder de claridad que es absolutamente indispensable para realizar un buen trabajo creativo.

Cuando quieras hacer algo importante, forma un patrón mental, perfecciónalo, llega a saber con exactitud lo que significa, amplía tu pensamiento, guárdatelo, trasmítelo al poder creativo que está tras todas las cosas, espera y escucha, y cuando la impresión venga, síguela con pasos seguros. No hables con nadie sobre esto y tendrás éxito donde otros fracasan.

Causas y condiciones
Cuando comprendamos que la vida no es fundamentalmente física sino mental y espiritual, no nos resultará difícil ver que podemos dar a conocer lo que deseamos por medio de un cierto proceso mental y espiritual.

No tratamos con condiciones sino con causas, cuyo origen está en la parte invisible de la vida. Esto no es de extrañar, ya que lo mismo se puede decir de la electricidad o incluso de la vida misma. No vemos la vida, vemos solamente lo que ella hace. A esto lo denominamos *condición*. Es en sí tan simple como el efecto. Vivimos en un mundo externo, de efectos, y en un mundo interno, de causas. Al pensar, las ponemos en movimiento y, por medio del poder inherente a la causa, expresamos el pensamiento como una condición. De ahí se deduce que la causa ha de ser igual al efecto, y que el efecto se evalúa siempre por comparación con la causa que se tiene en mente. Todo proviene de la Sustancia Única, y nuestro pensamiento califica la Sustancia y determina lo que va a acontecer en nuestra vida.

La enseñanza entera del *Bhagavad Gita* consiste en que sólo existe Uno, y que éste es para nosotros lo que primero creemos que es. En otras palabras, ponemos de manifiesto lo no manifestado. Esto no nos aparta en modo alguno de la fe en la omnipotencia de Dios, sino la aumenta, ya que Él creó algo capaz de hacerlo. Dios, como siempre, rige en el Universo, pero a nosotros se nos ha dado el poder de regir en nuestra vida.

Así pues, debemos comprender de modo absoluto que estamos tratando con una Sustancia con la cual tenemos pleno derecho de tratar, y que al aprender sus leyes seremos capaces de ponerlas a nuestro servicio, exactamente igual que hizo Edison con la electricidad. La ley *existe*, pero tenemos que usarla.

La sustancia con que tratamos nunca tiene límites, pero nosotros muchas veces nos vemos limitados, porque obtenemos solamente aquello en que creemos.

Nuestra limitación no implica que el Universo haya de tener límites. Nuestra limitación es sólo nuestra falta de fe. La vida puede darnos mucho o poco. Si nos da poco, no es porque sea limitada; tampoco es limitada si hace un grano de arena, es porque hubiera podido exactamente igual hacer un planeta. Pero en el grandioso esquema de las cosas todas las clases de formas, pequeñas y grandes, son necesarias y, en su combinación, componen el todo. El poder y la sustancia que se hallan tras todas las cosas sigue siendo el Infinito.

Ahora bien, esta vida sólo puede llegar a nosotros por nuestro propio medio, y esto se produce cuando el Espíritu encuentra su expresión en nuestra vida a través de la forma del pensamiento que le damos. La vida en sí nunca tiene límites. Una hormiga tiene exactamente tanta vida como un elefante, aunque su tamaño es menor. La cuestión no está en el tamaño sino en la conciencia.

Nos vemos limitados no por fronteras reales, sino por ideas falsas sobre la vida y por no poder reconocer que estamos tratando con el Infinito.

La limitación es una experiencia del género humano, pero no es una falta de Dios sino de la percepción del hombre. Y para demostrarlo hagamos que cualquier persona rompa las ataduras del sentimiento falso de la vida y empiece de inmediato a manifestar cada vez menos limitación. Todo está en que crezca la idea interna.

Muchas veces, cuando a las personas se les dice esto, responden: «¿Cree usted que soy pobre y miserable por decisión propia? ¿Me toma por imbécil?». No, no es usted imbécil, pero es muy posible que haya estado engañado, como la mayoría de nosotros. No conozco a nadie que no se haya visto engañado al respecto de la vida; puede que no haya tenido pensamientos sobre la pobreza, pero al mismo tiempo puede que haya tenido pensamientos que la producen. Observemos tan sólo el proceso de nuestro pensamiento y veamos cuántas veces al día pensamos en algo que no deseamos que suceda. Esto nos hará ver que debemos ser cuidadosos, que nuestro pensamiento necesita control.

Lo que tenemos que hacer es invertir el proceso de nuestro pensamiento y tratar de pensar solamente en cosas positivas, constructivas. Una determinación serena de pensar tan sólo en aquello que queremos, independientemente de las condiciones, nos ayudará mucho a acercarnos a una comprensión más plena de la vida.

Por supuesto, tendremos fracasos; por supuesto, el camino no es fácil, pero iremos creciendo. A diario, le daremos a la Mente Creativa un concepto nuevo y creador que ha de materializarse en nuestra vida. A diario nos sobrepondremos a alguna tendencia negativa. Insistiremos en ello hasta que aprendamos a dominar por entero nuestro pensamiento, y a partir de ese día ya no volveremos a fracasar.

Debemos ser buenos con nosotros mismos, no desanimarnos ni rendirnos hasta que lleguemos a triunfar. Siente siempre el apoyo de una fuerza omnipotente, y la vida te será más fácil.

Equivalentes mentales

Una de las cosas más importantes es recordar que no podemos demostrar la vida más allá de nuestra facultad mental para materializarla. Sólo podemos dar vida a ideas que nacen dentro de nosotros mismos, a aquello en que pensamos, y a nada más que esto.

Para obtener de la Vida aquello que deseamos, primero debemos darle nuestros pensamientos. Esto produce siempre aquello en que pensamos. Para obtener éxito, ante todo debemos concebirlo mentalmente. Esto no es así porque seamos creadores, sino porque el flujo de la Vida que se manifiesta a través de nosotros adopta la forma de lo que le damos, y, para obtener algo que deseamos, primero debemos poseer su equivalente mental interno.

Esto es a lo que se refería Jesús al decir que tenemos que creer cuando oramos. Esta fe nos proporciona este algo interno que conoce aquello que pide antes de verlo.

Por ejemplo, supongamos que un hombre está rogando por actividad en sus asuntos (entendemos por *rogar* la 'aceptación de una cosa antes de tenerla'). Primero, antes de que esta actividad comience, debe tenerla dentro de sí; debe ver actividad en todo; debe existir algo que se corresponda con lo que desea; debe tener un equivalente mental.

Descubrimos que atraemos hacia nosotros solamente aquello que incorporamos internamente. Del mismo modo que el agua sólo puede alcanzar su propio nivel, así nuestras condiciones externas reproducirán solamente nuestras realizaciones internas.

El hombre atraerá hacia sí siempre sólo aquello que constituye su ser. Pero podemos aprender a producir internamente la imagen de lo que deseamos y de esta manera utilizar la Ley para conseguir lo que necesitamos. Si al principio no tenemos una gran realización de actividad, debemos trabajar con lo que sí tenemos, y cuando nuestras condiciones externas lleguen a corresponder a la causa interna, descubriremos que nos resultará mucho más fácil agrandar la receptividad interna para algo más grandioso y de un valor mayor. De una cosa podemos estar seguros: todos hemos de comenzar en algún lugar, y este lugar está en nuestro interior. Y es ahí donde debemos hacer una afirmación, y es ahí también donde debemos hacer una verdadera labor de realización. Al principio el trabajo puede parecer arduo, ya que nos enfrentamos a cada paso con lo que sólo existe en apariencia, y no siempre poseemos seguridad ni tenemos fuerza suficiente para triunfar, pero podemos contentarnos con la plena certeza de que vamos creciendo. Cada día tendremos un mayor concepto sobre la vida, y al crecer internamente obtendremos un poder mayor para hablar a la Mente Creativa, merced a lo cual obtendremos un nuevo impulso y podremos realizar en nuestro favor algo más importante. Crecimiento y realización ocurren siempre desde el interior y nunca desde el exterior.

La vieja sugestión que tiene el hombre acerca de miedo, pobreza y limitación debe desaparecer, y todos los días debemos eliminar de nuestro pensamiento todo lo que impide a Uno a ponerse de manifiesto a plenitud en nuestra vida.

Recuerda que estamos tratando con un poder único y no con dos. Esto te lo hará más fácil porque no tienes que sobreponerte a ninguna condición, ya que las condiciones provienen del exterior y no del interior.

Un hombre que llega a una nueva ciudad, en seguida comienza a atraer hacia sí exactamente aquello que trae a su pensamiento. Debe ser muy cuidadoso con lo que piensa. Debe saber con exactitud lo que desea y a diario dárselo a la Mente Suprema, sabiendo que obrará en su favor. Es preciso eliminar los viejos pensamientos para que los nuevos ocupen su lugar. Cada vez que asome un viejo pensamiento, debes mirarlo de frente y declarar que ya no forma parte de tu mente. Ya carece de poder sobre ti. Posees la Ley y delegas en ella para eliminar todo lo demás. Trata de ver y comprender cada día más, sentir que eres aquel a quien se requiere. No hay una creación especial para cada individuo, sino que todos nosotros particularizamos la Ley cada vez que le damos nuestros pensamientos. Porque todo lo que pensamos se recibe y se procesa para hacer algo.

Una buena práctica es comprender que eres el centro de la Atracción Divina, que todas las cosas fluyen hacia ti, que el poder interno se dirige hacia fuera y, de regreso, te trae todo cuanto jamás puedas necesitar. No discutas con él, déjalo hacer, y cuando termines delégalo todo a la Ley con pleno conocimiento de que será hecho. Proclama que toda la vida, todo el amor y todo el poder están ahora en tu vida. Proclama que estás ahora en medio de la abundancia. Cíñete a ello aunque aún no veas el resultado. Sí te producirá efecto, y quien más cree más obtiene. Piensa que la Ley es tu amiga y que protege siempre tus intereses. Ten plena confianza en ella, y te traerá lo que deseas.

Una Ley y una manifestación

Las personas preguntan con frecuencia si la Ley no trae lo malo a la par que lo bueno. Esta pregunta no se hubiera hecho si la gente comprendiera lo que significa realmente *Ley Universal*. Claro que traerá todo cuanto pensemos. Toda ley hará siempre lo mismo. La ley de la electricidad lo mismo puede iluminar tu casa que quemarla. Somos nosotros quienes decidimos lo que vamos a hacer con la Ley. Una ley es siempre impersonal. No existe ninguna probabilidad de utilizar la ley con fines perjudiciales si la usamos siempre con el objetivo de procurar una expresión más plena de la vida.

No debemos usarla con ningún propósito que no nos gustaría experimentar. Esto ha de responder a todas las preguntas de esa naturaleza. ¿Deseo realmente lo que estoy pidiendo? ¿Desearía para mí mismo lo que estoy pidiendo para otra persona? ¿Cómo podemos utilizar la Ley para el mal si sólo deseamos el bien? No podemos ni debemos preocuparnos por eso. Sólo deseamos el bien para nosotros mismos y para el mundo entero. En cuanto iniciamos la causalidad, la Ley se pone en funcionamiento para realizar nuestros planes. No desconfíes nunca de la Ley ni pienses que puedas darle un mal uso. Es un gran error; toda ley es impersonal y no le interesa quién la está usando. Dará a cada persona exactamente lo que está en su pensamiento. Nadie puede usarla durante mucho tiempo de una manera destructiva porque se destruiría a sí mismo si persistiera en hacer el mal. No tenemos responsabilidad por nadie aparte de nosotros mismos. Abandona toda idea de que tú debas salvar el mundo; todos lo hemos tratado y hemos fracasado. Podemos, con el ejemplo de nuestra propia vida, demostrar que la Ley existe realmente como un gran poder más allá de todas las cosas. Esto es todo cuanto podemos hacer. Cada persona debe hacer lo mismo para sí. Deja que los muertos entierren a sus propios muertos y comprende que tú estás vivo. Esto no es egoísmo sino simplemente una prueba de que la Ley rige en tu vida. Todos pueden hacerlo en cuanto comiencen a creer, y nunca antes de ello.

Trascender las condiciones anteriores

¿Y si a veces atraemos algo indeseable? ¿Y qué sucede con todas las cosas que ya hemos atraído a nuestra vida? ¿Debemos seguir sufriendo hasta pagar el último céntimo? ¿Estamos atados a nuestro karma? Sí, en cierto sentido estamos atados a todo cuanto hemos hecho; es imposible poner en marcha una ley e impedir que produzca. Lo que sembramos, tenemos que cosecharlo, de esto no se puede dudar. Pero hay algo en que debemos pensar. La Biblia dice también que si un hombre se arrepiente, sus pecados se borran y no se le vuelven a recordar jamás. Aquí tenemos dos planteamientos que, a primera vista, parecen no concordar. El primero dice que debemos padecer por lo que hemos hecho, y el segundo, que en determinadas condiciones no padeceremos. ¿Cuáles son estas condiciones? Un cambio de actitud hacia la Ley. Esto significa que debemos dejar de pensar y actuar incorrectamente.

Al hacerlo, se nos saca del orden antiguo y se nos establece en uno nuevo. Alguien podría decir: «Y si esto es cierto, ¿qué hay de la ley de causa y efecto? ¿Se viola?». No, lo que sucede es lo siguiente: la Ley no se viola; si siguiéramos utilizándola de un modo incorrecto, seguiría funcionando. Pero si revertimos la causa, o sea, si pensamos y actuamos de una manera diferente, entonces habremos alterado el flujo de la Ley. Sigue siendo la misma Ley, pero hemos alterado su flujo, por lo que en vez de limitarnos y castigarnos, nos libera y bendice. Sigue siendo la misma Ley, pero hemos cambiado nuestra actitud hacia ella. Podríamos lanzar una pelota hacia la ventana y, si nada la detuviera, rompería el vidrio. Aquí tenemos la Ley en movimiento. Pero si alguien intercepta la pelota antes de que llegue a la ventana, el vidrio no se romperá. El flujo de la Ley se verá alterado, y esto es todo. Así, nosotros, independientemente de lo que haya sucedido en el pasado, podemos trascender la antigua experiencia de modo que ya no tenga efecto sobre nosotros. Así que si hemos atraído algo que no es lo mejor para conservar, hemos de recordar que no debemos conservarlo. En aquel entonces fue lo mejor que conocíamos y, por lo tanto, fue bueno en ese momento, pero ahora conocemos más y podemos hacer algo mejor.

Como toda ley funciona inalterablemente, así también funcionará la ley de atracción. Todo cuanto tenemos que hacer es desechar lo indeseado de nuestro pensamiento, perdonarnos a nosotros mismos y comenzar de nuevo. Nunca debemos volver a pensarlo. Que se vaya de una vez y para siempre. Nuestras diversas experiencias nos enseñarán cada vez más a tratar de moldear todos nuestros pensamientos y deseos a fin de que estén acordes con el propósito fundamental de la Gran Mente, la expresión perfecta. El miedo a darle uso consciente a la Ley podría paralizar todos los esfuerzos por progresar.

Llegamos a ver cada vez mejor que se está llevando a cabo un grandioso plan cósmico, y que todo cuanto tenemos que hacer es ponernos en su función para poder alcanzar así un nivel de vida adecuado. Al sujetar nuestro pensamiento a objetivos más grandiosos, nos vemos bendecidos, ya que estamos obrando más acorde con el Padre, quien ya desde el principio conocía el final. Nunca debemos perder de vista el hecho de que cada uno de nosotros tiene el derecho individual de usar la Ley y que no podemos dejar de usarla.

Así pues, adelante con la fe en que un enorme poder obra a través de nosotros; que toda ley es una ley del bien; que hemos sembrado una semilla de pensamiento en la Mente de lo Absoluto; y que podemos alegrarnos de tener el divino privilegio de obrar junto con el Infinito.

Comprensión verdadera y falsa

Hay muchas personas que son constantemente infelices porque, al parecer, son siempre mal comprendidas. Les resulta difícil utilizar la ley de atracción de un modo afirmativo, y siguen atrayendo hacia sí experiencias que podrían haber evitado. Su problema radica en que siempre hay una subcorriente de pensamiento que neutraliza o destruye todo pensamiento útil que se haya puesto en movimiento en sus momentos de mayor fortaleza. Tales personas suelen ser muy sensibles, y aunque ésta es una cualidad que, cuando se la controla, es la más creativa, una vez fuera de control es la más destructiva de todas, ya que es caótica. Estas personas deben, ante todo, conocer la ley y ver cómo funciona, y entonces tratar de sobreponerse a toda sensibilidad. Deben comprender que todos somos amigos y, en prueba de ello, no decir jamás nada desagradable a nadie ni sobre nadie. Deben interiorizar que todas las personas son seres perfectos hechos a la imagen de Dios; y, así, al no ver nada más, con el tiempo serán capaces de decir que ésta es también la manera en que otras personas los ven a ellos. Al mantener esto como la ley de su vida, destruirán todo pensamiento negativo, y entonces, con el poder que poseen siempre las personas sensibles y que ahora está bajo control, hallarán que pueden hacer de su vida lo que deseen, con una sola condición: lo que hayan sembrado, tendrán que cosecharlo. Todos sabemos que todo lo que no es bueno es de corta duración, pero todo lo que encarna el bien es como Dios, omnipresente y eterno. Nos liberamos por medio de la misma ley con que antes nos limitábamos.

El individuo corriente, sin saberlo, hace algo que destruye cualquier posibilidad de obtener buenos resultados en la manifestación de la prosperidad. Afirma su bien y se identifica con él —en esto tiene la razón–, pero no deja de mirar si los demás lo tienen, lo cual es incorrecto y causa confusión. No podemos afirmar un principio y negarlo a la vez. Debemos llegar a ser lo que queremos, y nunca seremos capaces de hacerlo si persistimos en ver lo que no deseamos, independientemente de dónde lo veamos. No podemos creer que algo sea posible para nosotros sin creer a la vez que lo mismo sea posible para cualquier individuo.

Una de las maneras de atraer es, por necesidad, la del amor universal: llegar a ver a todos los demás como verdaderos hijos de Dios, como parte de la Mente Infinita. Esto no es un mero sentimiento sino la clara enunciación de una ley fundamental y de que la persona que no la obedece entra en contradicción con aquello que le dio ser. Es cierto que este pensamiento significa también que el hombre puede atraer cosas y conservarlas mientras así lo desee. Ésta es la manera corriente, pero deseamos que aparezcan cosas más convincentes. Lo que queremos es ser capaces de atraer cosas empleando la misma ley que Dios utiliza. Cuando alcancemos esta actitud mental, entonces aquello que se manifieste no se perderá jamás, por ser tan eterno como la ley de Dios e imposible de destruir. Es reconfortante saber que no tenemos que hacer que las cosas sucedan, sino que todo cuanto necesitamos es la ley del Amor Divino; esto proporciona alivio al cerebro cansado y a los músculos agotados, ya que podemos estar tranquilos sabiendo que somos Uno con Todo en Todo.

¿Cómo podemos formar parte de Todo si, al mismo tiempo que tenemos fe para nuestro propio bien, deseamos el mal para el prójimo? ¿Acaso esto no distrae la visión y pervierte nuestra propia naturaleza? Debemos ver tan sólo el bien y no permitir que nada más entre en nuestra mente. El amor universal hacia todas las personas y todas las cosas devuelve sólo amor a la fuente de todo amor, a Él, Quien lo crea todo con el amor y lo sostiene todo con Su Divino Cuidado. El sol brilla para todos por igual. ¿Hemos de separar y dividir lo que Dios ha unido tan cuidadosamente? Al hacerlo, dividimos nuestras propias cosas, y tarde o temprano la Ley de Justicia Absoluta, que pesa a cada cual exactamente lo que le pertenece, lo sopesará todo, y entonces nos veremos obligados a padecer a causa de nuestros errores. No es Dios quien nos depara esta agonía, sino que somos nosotros mismos quienes nos la imponemos. Ya tan sólo por motivos egoístas debemos amar todo cuanto nos rodea y considerar que todo es bueno y todo proviene de la sustancia del Padre.

Sólo podemos tener esperanza de traer hacia nosotros aquello que atraemos por el camino del amor. Debemos vigilar nuestro pensamiento y, si hemos tenido algo contra cualquiera, hemos de desecharlo con la mayor rapidez. Ésta es la única manera salva y segura. ¿Acaso no pidió Jesús, en el momento supremo del martirio, que el Padre perdonara todo el mal que se Le estaba causando? ¿Podemos acaso suponer que nosotros seríamos capaces de hacerlo mejor? Si por el momento no tenemos amor hacia todas las personas, entonces debemos aprender a cultivarlo, y nuestra vida será más fácil cuando todos los rencores se vayan para siempre y cuando sólo contemplemos el bien. Dios es bueno y es amor; no se puede pedir ni concebir nada más que esto.

Otra cosa que debemos eliminar es hablar de limitaciones; ni siquiera debemos pensar o leer sobre ellas, ni tener con ellas contacto mental alguno, ya que sólo podemos obtener aquello en que pensamos, ni más ni menos. Esto es difícil de hacer. Pero si recordamos que estamos elaborando la ciencia de nuestro ser, entonces, por muy difícil que sea, antes o después lo lograremos, y una vez logrado lo es para siempre. Cada paso adelante es un Paso Eterno, y ya no es preciso volver a repetirlo. No estamos construyendo por un día o un año sino para siempre, para la Eternidad. Así, guiados por la Suprema Sabiduría del infalible Espíritu y aplicándonos a ello por entero, construiremos la más sólida mansión. No hay otro camino. Los prudentes escuchan, miran y aprenden, ya que saben que el único camino es el que concuerda con la voluntad y los propósitos de Dios. Comprendamos todos que Dios es bueno y en Él no hay mal.

Una experiencia que no es inusual

Al poner de manifiesto la verdad de lo que recibimos, no tenemos por qué experimentar ninguna emoción o sensación psíquica especial. No sentimos ninguna excitación ni nada por el estilo. Aunque es cierto que algo de esto puede ocurrir, debemos recordar, sin embargo, que estamos tratando con una ley, y que ésta, como tal, nos tiene que obedecer, siempre y cuando acatemos su naturaleza y contactemos con ella de la manera correcta. Lo que estamos haciendo es introducir algo en la Mente, y si tenemos en nuestra propia mente una impresión clara de *lo que es* este algo y de que *está hecho*, debemos dedicarle toda la actividad que podamos, hasta que llegue el momento en que nos suceda algo externo sobre lo que podamos trabajar. Muchas personas dicen: «Sí que me gustaría sentir algo cuando hago el trato». Todo esto es un error, y es un intento de dar una razón física a la vida. Lo que debemos sentir es que si Dios lo es todo y es bueno, desea para nosotros sólo el bien; y al sentir esto hemos de tomar lo que ya está hecho para nosotros. Nuestra actitud hacia un Padre tan bueno ha de ser de constante agradecimiento. Cuando empecemos a experimentar el poder de la verdad, mantendremos siempre esta actitud. Has de *saber* que estás tratando con algo seguro y todo cuanto debes hacer es pensar en ello positivamente y esperar los resultados que se manifestarán en lo externo. Entonces haz lo que te dicta tu propio sentido común, ya que es el pensamiento de Dios a través de ti. Te sentirás cada vez más llevado desde la dificultad hacia esa libertad que es el derecho inalienable, dado por Dios, de cada alma viviente. Ve entonces hacia adelante, mirando tan sólo aquellas cosas que deseas y nunca las que no deseas. La victoria será siempre de parte de aquello en que se base la mayoría de tus pensamientos con absoluta aceptación.

Visualización

Algunas personas visualizan todo lo que piensan y muchos consideran imposible lograr una manifestación sin poseer el poder de visualizar. Esto no es así. Aunque una cierta cantidad de visión sí es necesaria, es preciso recordar, por otra parte, que estamos tratando con un poder que, al igual que la tierra fértil, produce la planta cuando sembramos. No importa que nunca antes hayamos visto una planta como la que se ha de crear para nosotros. Nuestro pensamiento es la semilla y la mente es la tierra. Estamos sembrando y cosechando siempre. Todo cuanto tenemos que hacer es sembrar solamente aquello que deseamos cosechar. Esto no es difícil de entender. No podemos pensar en la pobreza y, al mismo tiempo, cosechar abundancia. Si alguien desea visualizar, que así lo haga, y si se ve en plena posesión de lo que desea y sabe que está recibiendo, logrará su manifestación. Por otra parte, si no visualiza, entonces que diga simplemente lo que desea y crea por entero que ya lo tiene; el resultado será siempre el mismo.

Recuerda siempre que estás tratando con una ley y que es la única manera de hacer que algo llegue a existir. No lo discutas. Esto significaría que aún no estás convencido de la verdad; porque, si no, no discutirías. Convéncete y descansa tranquilo.

Dónde ocurre la manifestación

¿Ocurre la manifestación en el paciente, en el médico o en la mente de Dios? Veamos: *existimos* en la mente de Dios, así que es allí donde ha de ocurrir. Pero también el paciente está en la mente de Dios, porque de otro modo habría dos mentes, así que la manifestación ha de ocurrir también en la mente del paciente. Pero es la mente de Dios, ¿qué nos importa, pues, dónde ocurra? No tenemos que proyectar nuestro pensamiento, porque la Mente está con nosotros y nunca, en ningún momento, nos abandona. Todo cuanto hemos de hacer es tener conocimiento interno, y cuando estemos totalmente convencidos ocurrirá la manifestación.

En cuanto al médico, todo cuanto tiene que hacer es convencerse a sí mismo. Es aquí donde empieza y termina su trabajo. Hay un poder que cuidará del resto. ¿No es acaso la actitud suprema de fe en un poder superior? Claro que sí lo es, y, mientras más fe tengamos, más fácil nos resultará todo y antes recibiremos respuesta a nuestra plegaria. Si tienes una fe simple e infantil, esta fe fructificará; pero si conoces algo del modo en que obra la ley, esto te dará una fe todavía mayor. Por consiguiente, la comprensión nos tiene que dar una fe tan enorme que jamás dejaremos de obtener una respuesta afirmativa a todos nuestros pensamientos. Nos volveremos más fuertes con cada victoria, hasta que llegue un momento en que ya no tengamos que decir «espero» o «creo», sino «*sé*».

Parte II

Tratos

El modo de hacer un trato es ante todo creer por completo que sí podemos; creer que nuestra palabra llega con fuerza a un verdadero poder creativo, el cual la recibe y comienza a obrar sobre ella; sentir que para este poder no hay nada imposible. Tan sólo conoce su propia fuerza de hacer lo que desee. Recibe la impresión de tu pensamiento y actúa sobre éste.

Nunca es seguro tratar sobre algo que no deseamos que suceda. Esto quiere decir que, para desear algo a otra persona, primero debemos estar dispuestos a recibirlo nosotros mismos.

Ten fe en que el Poder Supremo actuará sobre tu palabra; siente esta gran realidad, que le hablas a través de todas las cosas; y proclama simplemente lo que deseas que haga por ti, sin poner jamás en duda en tu mente que vaya a hacer exactamente lo que le digas.

Todo cuanto un médico ha de hacer es convencerse, conocer, creer, y sucederá exactamente lo que él diga. Así pues, una de las primeras cosas es saber definir, tener una imagen mental de lo que se desea, saber exactamente lo que se desea; nunca debemos pasar por alto esta imagen mental; esta aceptación absoluta de que lo que se desea *ya existe*. Sin ella no lograremos nada.

Hemos de estar confiados en nuestras propias almas; en paz con el mundo, en paz con nosotros mismos; comprender que estamos tratando con algo real, algo que no nos puede fallar; tratar de obtener un concepto claro de lo que deseamos; estar seguros de su realización, en cuanto el Poder Universal Creativo lo reciba y actúe sobre él.

Sólo tenemos que proclamar lo que deseamos que se haga para nosotros; hemos creído, hemos creído que hemos recibido; nunca más debemos entrar en contradicción sobre aquello que ya hemos proclamado. Quien puede hacerlo ha de estar seguro de obtener resultados.

Comprensión y orientación

En su interior, el hombre está siempre en contacto inmediato con el Infinito de la comprensión. Vivimos inmersos en una inteligencia viva, rodeados de un Poder que conoce, ya que «En Él vivimos, nos movemos y de Él tomamos nuestro ser».

Aunque nuestro pensamiento externo nunca fuera confuso, deberíamos beber en todo momento de esta fuente de conocimientos infinita; ésta nos guiaría y no nos dejaría cometer errores; nuestra mente sería como una lisa superficie de un lago, no agitada por vientos ni tormentas.

Pero para la mayoría de nosotros esto no es así; lo externo nos confunde; de modo que la superficie de la mente está agitada, no es diáfana ni trasparente, y no podemos tener una visión clara, una orientación precisa, y hacemos las cosas mal porque no vemos con claridad.

Desarrollar la comprensión es aprender a tomar de la Comprensión Infinita. Nunca lo lograremos mientras estemos confusos en nuestro pensamiento.

Lo primero que debemos hacer cuando deseamos lograr una comprensión mayor es serenarnos y escuchar la voz interior, abstraernos por unos instantes para poder, en el silencio del alma, tomar de allí lo que ya conocemos y darnos cuenta de que una inteligencia superior la está aumentando.

Aquí, indefinidamente, debemos sacar un patrón de nuestro pensamiento, de aquello en que estamos trabajando, pedir y recibir una nueva luz; elevarla hacia la Luz Divina y tratar de creer que ésta nos guía; convencernos de que la Inteligencia Suprema y el Poder Absoluto están obrando sobre nuestro pensamiento y lo realizan; nos dan orientación y ya no podemos equivocarnos; nos mantenemos en el Lugar Secreto del Altísimo y permanecemos a la sombra del Todopoderoso.

Cómo saber con exactitud lo que debemos hacer

Muchas veces nos enfrentamos al problema de cómo comenzar. No estamos seguros de *qué* es lo que queremos hacer; no vemos la *manera* de comenzar nada; no vemos nada que comenzar; cuando nos hallamos en esta situación y, humanamente hablando, no sabemos hacia dónde volvernos, entonces todo cuanto debemos hacer es serenarnos y escuchar; es precisamente entonces cuando debemos tener fe en que el mismo poder que *dio inicio a todas las cosas* también nos iniciará a nosotros en el camino correcto, ya que sin algún poder superior fracasaríamos con toda seguridad.

Con cuánta frecuencia las personas que viven en el mundo de los negocios se ven en esta situación. Comprenden que deben hacer algo, pero ¿qué? ¿Cómo obtener la idea de lo que hay que hacer?

Debemos esperar y saber que el mismo poder cuyo pensamiento dio ser al universo puede pensar también en nuestro mundo y darle ser. Este poder conoce todas las cosas, sabe cómo empezar y no puede fracasar; nos gustaría vincularnos de alguna manera con este poder que nunca nos fallará para extraer de él alguna idea inicial.

Debemos comprender que existe algo que ha de responder y manifestarse, y una vez comprendido esto, esperar por la idea; tal vez al principio no se nos ocurra nada, pero seamos pacientes, no dudemos nunca y, si esperamos con fe, la idea *vendrá*.

Conocí una vez a un hombre de negocios que estaba vinculado a una firma que siempre había sido muy exitosa; pero entonces algo sucedió que les causó pérdidas. Esta situación duró un año entero, y las cosas fueron de mal en peor. La ruina parecía inevitable. El hombre se interesó por el Nuevo Pensamiento. Le dijeron que podría sacar una idea del Infinito y llevarla a la práctica en el plano de lo visible. Dijo a sus socios que deseaba retirarse a su casa por varios días y que, cuando regresara, ya tendría una idea que permitiría encaminar el negocio hacia el éxito. Los socios se rieron de él, como suele reírse la gente sobre algo que no entiende, pero como no tenían ningún otro plan, le dieron su consentimiento. El hombre fue a su casa y por tres días permaneció sumido en profundos pensamientos, rogando que el Poder Supremo lo orientara y que el Espíritu lo guiara. Durante estos días un plan completo se formuló en su mente, en cuanto al método exacto que seguir en los negocios. Regresó y dijo a los socios cuál era su plan; se rieron de nuevo y le respondieron que era inaplicable, que no se podía hacer, que no funcionaría. Pero también entonces acabaron por consentir porque sabían que, si no lo hacían, irían directamente a la ruina.

Entonces el hombre empezó a extraer de su pensamiento todos los detalles, siguiendo cada una de las ideas rectoras que se le habían ocurrido en esos tres días, y, en un año, logró conducir el casi fracasado negocio a un nivel que trascendía todo cuanto en algún momento habían experimentado. Comprobó la ley y se convirtió en un experto tal que llegó a dejar su negocio para dedicarse por entero a ayudar a otras personas a hacer por sí mismas lo que él había hecho.

Lo que este hombre hizo, cualquiera puede hacerlo, siempre y cuando siga el mismo método y no se desanime nunca. Existe un poder que simplemente espera ser reconocido para proporcionar a nuestro pensamiento una guía infalible, que no se puede equivocar. Para aquellos que se apoyan en el siempre extendido brazo del Infinito, la vida es grande, y sus posibilidades, ilimitadas.

Debemos esperar y escuchar, y luego volver a nuestros asuntos con una firme convicción de que se nos conduce hacia una expresión más perfecta de la vida. Esto pueden hacerlo todos.

En pos del pensamiento

Cuando sentimos que vamos por el camino correcto; cuando ese algo en nuestro interior nos dice que somos guiados; entonces, independientemente de lo que esto pudiera parecer, debemos seguir adelante. Algo situado más allá de nuestra inteligencia está obrando a través de nosotros, y no debemos hacer nada que le pueda contradecir.

Tal vez nos haga hacer algo que parezca contrario a la experiencia humana. No importa. Todo el que lleva adelante una invención y todo el que se adelanta en cualquier sentido, va siempre más allá de lo que la experiencia humana cree posible.

Hombres grandes son aquellos que tienen una visión y luego ponen manos a la obra para hacerla realidad, y no miran hacia los lados sino hacia adelante, hacia lo que desean que se cumpla, con firmeza y serena determinación.

Esto requiere mucha paciencia y una gran fe, pero el fin es tan seguro como la realidad misma del Ser Supremo.

No vaciles nunca en confiar en esta comprensión interna, no temas: será siempre correcta. Todos formamos parte de la Inteligencia Suprema; presiona las puertas de nuestro pensamiento en espera de que se la reconozca. Debemos estar abiertos a esta Inteligencia en todo momento, dispuestos a recibir orientación y guía para llegar a las más grandes verdades.

La corriente única del pensamiento

Todos somos parte de la Mente, y cuanto pensamos se procesa y se nos devuelve. Esto significa que *cuanto pensemos* se nos ha de dar. No podemos pensar un día de una manera, al día siguiente de otra, y esperar resultados positivos. Debemos ser muy claros en nuestro pensamiento, enviando sólo los pensamientos que deseamos ver manifestados en nuestra condición.

He aquí algo que debemos recordar: a no ser que trabajemos con personas que piensan igual que nosotros, es preferible trabajar solo. Una corriente de pensamiento, aunque no sea muy poderosa, puede hacer más para nosotros que muchas corrientes poderosas pero diferentes. Esto significa que, a no ser que estemos seguros de que trabajamos con personas que armonizan, sería mejor que trabajemos solos. Desde luego, no podemos retirarnos de un negocio simplemente porque otras personas no están de acuerdo con nosotros, pero sí podemos guardar nuestros pensamientos para nosotros mismos. No tenemos por qué abandonar el mundo a fin de controlar nuestro pensamiento, pero sí debemos aprender a vivir en el mundo y seguir pensando tal y como deseamos pensar, independientemente de lo que piensen los demás.

Una sola corriente del pensamiento enviada a diario a la Mente Creativa puede obrar milagros. La persona que practica esto, puede en un año cambiar por completo sus condiciones de vida.

El modo de llevarlo a la práctica consiste en dedicar diariamente algún tiempo a pensar y ver mentalmente lo que se desea; a verlo exactamente tal y como se desea que sea y entonces afirmar que ya está hecho. Tratar de sentir que lo que se ha afirmado es la verdad.

Palabras y afirmaciones sólo dan forma al pensamiento; no son creativas. El sentimiento es creativo, y mientras más sentimiento se pone en la palabra, tanto mayor es el poder que ésta ejercerá sobre nuestras condiciones. Al hacerlo, nos referimos a la condición sólo como efecto, como algo que sigue a lo que pensamos. No puede dejar de seguir a nuestro pensamiento. Es así como toda creación llega a su expresión.

Resulta de gran ayuda comprender mentalmente que, todo el tiempo, una gran corriente de pensamiento y poder obra a través de nosotros; va y viene sin cesar, y la Mente la toma y actúa sobre ella. A nosotros nos toca cuidar que esta corriente de pensamiento no se salga del cauce deseado; estar dispuestos a actuar en cualquier momento, en cuanto entre en funcionamiento el impulso; nuestras acciones nunca deben ser negativas, sino afirmativas siempre, ya que estamos tratando con algo que no puede fallar. Nosotros sí podemos fallar en nuestra comprensión, pero el poder en sí mismo es infinito e infalible.

Estamos poniendo en marcha, dentro del Absoluto, una corriente de pensamiento que no cesará hasta que cumpla con su objetivo. Trata de sentirlo, trata de llenarte de una gran alegría al saber que tienes el don de usar este poder, enorme y único.

Mantén tu pensamiento claro y nunca te preocupes del rumbo por el que aparentemente marchen las cosas. Cuando trabajes en la Mente, deja a un lado todas las condiciones externas, ya que es en la Mente donde todo se hace, donde la creación se lleva a cabo, y donde ahora mismo se está gestando algo para nosotros. Es preciso creerlo como nunca se ha creído antes; es preciso saber que es una gran realidad; es preciso sentirlo como una Presencia única. No existe otra manera de obtener lo deseado.

Aunque todo el Infinito puede tener deseos de dar, somos nosotros a quienes nos toca tomar y, por nuestra parte, lo hacemos mentalmente. Aunque algunas personas pueden reírse de esto, no importa: «Quien ríe el último, ríe mejor». Sabemos en qué creemos, y esto es suficiente.

Ampliar nuestro pensamiento

En nuestro pensamiento jamás podemos permanecer quietos. Avanzamos o bien retrocedemos. Como sólo podemos atraer aquello de que primero hacemos una imagen mental, de ahí se deduce que si deseamos atraer cosas mayores, debemos proveer pensamientos más amplios. Esta ampliación de la conciencia es tan indispensable que todo cuanto digamos sobre ella sería poco.

La mayoría de las personas recorren un camino breve y se detienen; al parecer no pueden ir más allá de cierto punto; sólo son capaces de hacer tanto y no más. ¿Por qué un hombre de negocios hace todos los años aproximadamente lo mismo? En todas las esferas de la vida podemos ver gente que, al alcanzar cierto punto, nunca van más allá. Para todo debe haber una razón; nada es casual si todo se rige por la misma Ley, y no podemos llegar a ninguna otra conclusión.

Cuando analizamos la razón mental de las cosas, descubrimos por qué suceden. El hombre que llega a un determinado punto y nunca parece ser capaz de trascenderlo, se rige también por la ley; cuando permite a sus pensamientos salir a una esfera de acción más amplia, sus condiciones se elevan hasta sus pensamientos; cuando deja de ampliar sus pensamientos, deja de crecer. Si pudiera mantener su pensamiento en la misma dirección, comprender más y mejor, podría descubrir que, en la esfera de cosas externas, es capaz de alcanzar mayores realizaciones.

Hay muchas razones por las cuales un hombre puede dejar de pensar en mayores logros. Una de ellas es la falta de imaginación. No puede concebir que suceda nada más de cuanto ya ha sucedido. Otro pensamiento funciona más o menos así: «Esto es todo cuanto se puede hacer en este asunto», y precisamente así es como firma su propia sentencia de muerte. Es frecuente que las personas digan: «Soy demasiado viejo para cosas más grandes». Y se detiene. Otro puede decir: «La competencia es demasiado grande», y se detiene también; no va más allá de donde lo lleva su pensamiento.

Cuando comprendemos que la vida es, ante todo, conciencia, y luego siguen las condiciones, todo esto resulta innecesario. No vemos razón alguna para que un hombre no pueda ir creciendo sin cesar. Independientemente de la edad y las condiciones, si la vida es pensamiento, podemos seguir pensando cosas cada vez mayores. No hay razón alguna para que un hombre a quien ya le iba bien no sea capaz de concebir mentalmente una condición mejor. ¿Qué tiene que ver que ya estamos activos? Una actividad mayor siempre es posible. Siempre podemos ver un poco más allá de lo que ya hemos recibido. Esto es precisamente lo que debemos hacer, o sea, ver aunque sea un poco más allá de nuestro pensamiento anterior. Si lo practicamos siempre, descubriremos que todos los años vamos creciendo, que todos los meses avanzamos más; y con el tiempo alcanzaremos una situación verdaderamente magnífica. Como este poder, que es infinito, no se detiene nunca, como lo Ilimitado carece de fronteras, hemos de seguir tratando de descubrir en la vida cada vez más numerosas y mayores posibilidades.

Todos los días, sin falta, debemos esforzarnos por expandir nuestro pensamiento. Si tenemos cincuenta clientes diarios, debemos empeñarnos en creer que tenemos sesenta. Si tenemos sesenta, debemos ver mentalmente setenta. Esto no debe cesar nunca; la mente no se puede detener.

Deja que todo lo demás se vaya, expulsa todo lo demás de tu pensamiento y ve mentalmente cómo recibes mucho más de lo que has recibido nunca. Cree que la Mente lo está haciendo para ti, y entonces ve y dedícate a tus asuntos de modo habitual. No veas nunca la limitación; no pienses en ella y, por encima de todo, no hables jamás con nadie sobre limitación alguna. Éste es el único camino, y no existe ningún otro modo de alcanzar un pensamiento más amplio. El hombre de gran pensamiento es siempre el que hace cosas grandes en la vida. Aférrate a lo más grande que puedas imaginar y afirma que te pertenece. Percíbelo con tu visión mental y sostén que ya es un hecho, y podrás comprobar por ti mismo que la vida no tiene límites.

Acumular siempre

No hay razón alguna para que una persona se detenga. Esto no significa que debemos estar atormentándonos siempre, tratando de acumular cada vez más, sino que nuestro pensamiento debe ampliarse tanto que ya no pueda dejar de acumular cada vez más, mientras por otro lado distribuyamos aquello que vamos acumulando. De hecho, la única razón para poseer es que podemos dar de aquello que poseemos.

Por grande que sea lo que nos ocurra, siempre debemos esperar más y más. Incluso si pensamos que, al fin, ya hemos llegado, el preciso momento en que nos parece que la vida ya nos ha dado todo y que ya podemos detenernos, hemos de convertirlo en el inicio de otras cosas, aun mayores.

Por muy grande que sea la imagen de lo que ya tienes en tu mente, agrándala todavía más. La razón por la cual tantas personas llegan al punto en que se detienen, es que es un punto en que dejan de crecer mentalmente. Llegan a un punto en que ya no pueden ver nada más y creen que, al obtener algo grande de veras, ya deben detenerse. Hemos de vigilar nuestro pensamiento para borrar todo indicio de inactividad. En el universo nada se detiene jamás. Todo se erige sobre una base ilimitada, se extrae de una fuente inagotable, proviene de un mar infinito de vida no manifiesta. Hablamos a esta vida y extraemos de ella todo aquello que somos capaces de comunicarle con nuestro pensamiento. La vida es siempre ilimitada; lo único que nos limita es nuestra incapacidad de concepción mental, y debemos extraer cada vez más de esa inagotable fuente.

Similitud mental

Sólo podemos extraer del Infinito aquello en que primero pensamos. Es aquí donde tantos fracasan, creyendo que todo cuanto tienen que hacer es afirmar lo que desean, y que el deseo se cumplirá. Aunque *es cierto* que las afirmaciones poseen verdadero poder, es también cierto que conllevan *sólo* aquello que decimos al formularlas.

Al igual que no podemos decir nada con una palabra que desconocemos, tampoco podemos hacer una afirmación que no comprendemos. En realidad afirmamos sólo aquello que sabemos que es cierto; sabemos que es cierto aquello de lo que tenemos experiencia propia. Aunque podemos haber oído y leído que esto o aquello es cierto, sólo si dentro de nuestra alma hay algo que reconoce su verdad, entonces es verdadero para nosotros. Esto nunca debemos perderlo de vista: podemos afirmar efectivamente sólo aquello que conocemos, y conocemos sólo aquello que somos. Es por eso por lo que consideramos necesario ampliar el concepto de la vida; tener una idea más grande de nosotros mismos y un concepto más amplio del Universo en que vivimos, nos movemos y una de cuyas partes somos. Se trata de crecer internamente, ampliando en todos los sentidos nuestro pensamiento y nuestra actividad.

Si deseamos hacer algo que de veras vale la pena, debemos crecer mentalmente hasta llegar a ser aquello que queremos que se vuelva realidad. Esto puede tomar algún tiempo, pero debemos alegrarnos de usar todo el tiempo necesario para nuestro propio desarrollo.

Sin embargo, pocas personas que padecen de limitación poseen una similitud mental de la abundancia. Esta similitud se puede adquirir. El pensamiento debe ampliarse lo suficientemente como para abarcar todo lo deseado; un pensamiento pequeño muy poco puede producir. El hecho mismo de que todo es mente demuestra esta verdad. Todo *es* mente, y a causa de esto podemos extraer de esta mente sólo aquello que primero introducimos en ella mentalmente como una realidad. Debemos convertirnos en aquello que deseamos. Debemos verlo, pensarlo, comprenderlo, antes de que el poder creativo de la Mente pueda hacerlo realidad para nosotros; se trata de un proceso interno de la expansión de la conciencia. Se trata de un pensamiento, que crece internamente y se hace realidad. Esto puede hacerlo todo aquel que lo desee y le dedique su tiempo y esfuerzo, pero para lograrlo hace falta trabajar. La mayoría de las personas son demasiado perezosas para hacer el esfuerzo.

Debemos entrenar a diario nuestro pensamiento para ver sólo aquello que deseamos experimentar, y puesto que estamos convirtiéndonos en aquello a lo que aspiramos mentalmente, debemos expulsar de nuestra mente todo pensamiento y todo ideal pequeño e insignificante, y ver las cosas de una manera más amplia. Debemos cultivar el hábito de tener un horizonte mental más amplio, viendo a diario cada vez más lejos, y así experimentar en nuestra vida cotidiana cosas cada vez más amplias y grandiosas.

Una buena práctica para ampliar el pensamiento es vernos a diario en un lugar más amplio, lleno de una actividad mayor, rodeados siempre de mayores influencia y poder; sentir que nos llegan cada vez más cosas; saber que nos queda aún más por alcanzar, y, hasta donde nos sea posible, saber que tenemos ahora todo aquello que vemos y sentimos. Afirma que eres así de grande como te ves, que has entrado ahora en esa vida más amplia; siente que algo en tu interior está atrayendo cada vez más cosas para ti; vive con esta idea y deja que este concepto crezca, esperando siempre que ocurra sólo lo más grande y lo mejor. No permitas nunca que pensamientos pequeños penetren en tu mente, y hallarás pronto que una experiencia más amplia y maravillosa ha entrado en tu vida.

Guardarlo en la mente

Nunca permitas que una imagen mental se vaya hasta haberse manifestado. Todos los días suscita la imagen clara de lo que deseas e imprímela en la mente como hecho cumplido. Esta impresión mental del pensamiento de lo que deseamos hará que nuestra mente imprima el mismo pensamiento en la Mente

Universal. De esta manera rogaremos sin cesar. No debemos estar pensando constantemente en algo que deseamos para obtenerlo, sino estar pensando que podemos llegar a ser en el interior aquello que deseamos. Quince minutos dos veces al día es tiempo suficiente para invertirlo en cualquier manifestación, pero el resto del tiempo ha de invertirse también de un modo constructivo. Esto significa que debemos dejar de pensar negativamente y superar todo pensamiento erróneo, apuntando a la realización de aquello que ahora, en nuestro interior, ya es un hecho. Hemos de saber que estamos tratando con el único poder existente en el Universo, que no hay ningún otro aparte de él y que compartimos su naturaleza y sus leyes. Siempre, cada palabra que decimos en voz alta, ha de estar respaldada por la serena confianza en nuestra capacidad de hablar con el poder y la voluntad de la Mente para obrar en nuestro favor. Debemos creer y confiar cada vez más en el mundo invisible de actividad espiritual. Esto no es difícil si recordamos que el Espíritu hace cosas a partir de Sí Mismo por medio de Su simple trasformación en cada cosa que hace, y puesto que no hay ningún otro poder que se le oponga, seguirá obrando siempre. El Espíritu no nos fallará nunca si no dejamos de creer en su bondad y receptividad.

Cuando comprendamos que Dios está con nosotros y no contra nosotros, la vida se convertirá en una bella canción. No podemos limitarnos a una mera existencia; debemos *vivir*.

Destruir todos los pensamientos que no deseamos experimentar

Tenemos que volver nuestros rostros decididamente hacia la conciencia que surge del Hijo de la Verdad; viendo tan sólo el

Poder Único, debemos destruir al adversario y dejar el campo libre a Dios o al Bien. Es preciso borrar de la pizarra todo cuanto es de alguna manera negativo y, a diario, debemos acercarnos al pensamiento más elevado, limpiarnos bien del polvo y el caos de la vida objetiva. En el silencio de la comunión del alma con la Gran Fuente de Todo Ser, vueltos hacia la calma del Absoluto, hacia lo arcano del Altísimo, de espaldas al barullo y el interminable estruendo de la vida, hallaremos un lugar de descanso, un lugar de verdadero poder espiritual. Habla en este silencio interior y di: «Soy uno con el Todopoderoso; soy uno con la vida, con todo poder y con toda presencia. Yo SOY, YO SOY, YO SOY». Escucha el silencio. Desde el aparente vacío, la voz de la paz responderá al alma que espera: «Todo está bien».

Es aquí donde debemos dar a conocer todas nuestras necesidades y todos nuestros deseos, y es aquí donde recibimos directamente del Infinito todo cuanto nos hace falta para hacer que la vida sea saludable, feliz y armoniosa. Pocos llegan hasta aquí, debido a la creencia de que las que controlan son las condiciones y las circunstancias. Has de saber que no existe ley alguna fuera de la Ley de Dios; que el alma establece en el Infinito su propia ley, y que la Mente Paternal está atenta a cumplir hasta nuestros menores deseos.

Todos los días practica la verdad y elimina todos los pensamientos erróneos. Invierte más tiempo en percibir y comprender la presencia del Altísimo y menos tiempo en preocuparte. Aquel que cree y confía en este Poder, llega a poseer, por su fe, una fuerza maravillosa. Has de saber que te acompañan todo bien y todo Dios, todo lo que es Vida y Poder; y no vuelvas nunca a decir: «Tengo miedo», sino di siempre: «Confío porque sé en quién he creído».

Práctica dirigida a la prosperidad

Supón que tienes un negocio de envíos por correspondencia y envías tarjetas por todo el país. Toma las tarjetas en las manos o simplemente piensa en ellas y declara a la Mente Única que van a cumplir con el objetivo para el cual se están enviando; sabe que cada palabra escrita en ellas es verdad y lleva consigo su propia convicción; ve cómo cada una de ellas llega al destinatario que las recibe con alegría y las lee con interés; proclama que esto es así *ahora*; siente que es verdad; afirma mentalmente que cada una de las tarjetas hallará su camino hacia el lugar preciso donde se la espera y donde va a beneficiar al que la va a recibir; siente que el Espíritu cuida de cada una de las tarjetas; que es mensajero de la verdad y el poder y que conlleva convicción y realización. Siente, al decir la palabra, que la Mente la recoge y nunca deja de actuar sobre ella. En el orden creativo, a nosotros nos corresponde conocerlo y tener voluntad de hacer todo cuanto podamos sin apuro y sin preocupación, y, por encima de todo, tener una fe absoluta en que el Espíritu hará el resto. Aquel quien ve con mayor claridad y cree más incondicionalmente, obtendrá una mayor manifestación. Y ése has de ser *tú*, y lo serás en cuanto se vaya el último falso pensamiento y llegue la comprensión de que existe un solo poder y una sola presencia. Vivimos arropados por el Amor y la Inteligencia Infinitos, y hemos de cubrirnos con él y reclamar su protección contra todo mal. Declara que tu palabra es la presencia y la actividad del Poder de todo lo que existe y, para manifestarse, espera por una concepción perfecta.

Conciencia del género humano

Una de las cosas que más nos dificultan la manifestación de un grado superior de prosperidad es lo que podríamos llamar pensamiento o conciencia del género humano. Es el resultado de todo aquello que la humanidad ha pensado o en que ha creído. Nos tiene inmersos y controla a quienes son susceptibles de ello. Todo pensamiento busca su expresión según las pautas de la menor resistencia. Cuando nos volvemos negativos o temerosos, atraemos esta clase de pensamiento y condición. Debemos estar seguros de nosotros mismos; debemos ser positivos; no debemos ser agresivos sino absolutamente seguros y dispuestos. Las personas negativas recogen siempre condiciones negativas; se buscan problemas fácilmente. Las personas positivas atraen cosas positivas; son exitosas siempre. Pocos comprenden que la ley del pensamiento es una gran realidad; que los pensamientos producen cosas. Cuando lleguemos a comprender este poder del pensamiento, vigilaremos cuidadosamente nuestros pensamientos para que no penetre ninguno que no deseamos que se convierta en una *cosa*.

Podemos cuidar nuestra mente sabiendo que ningún pensamiento negativo puede entrar en ella; Podemos practicarlo a diario diciendo que ningún pensamiento humano de limitación puede penetrar en la mente; que el Espíritu se forma alrededor de nosotros y nos protege de todo miedo y de toda limitación. Encerrémonos en la gran comprensión de que todo el poder es nuestro y que nada más nos puede penetrar; llenemos la atmósfera de nuestros hogares y lugares de negocio con corrientes de pensamiento positivo. Otras personas lo sentirán y querrán acercarse a nosotros y ser partícipes de lo que hacemos. De esta manera iremos continuamente atrayendo lo mejor.

Desarrollar la intuición

Si una persona vive siempre de acuerdo con la mente, no cometerá nunca grandes errores. Algunos parecen tener la facultad de saber siempre con exactitud lo mejor que se debe hacer; tienen éxito siempre porque evitan cometer errores. Todos podemos entrenarnos para que nos guíe la Mente Suprema del Universo, pero no debemos hacerlo nunca hasta creer que podemos recibir directamente de la fuente de todo conocimiento. Esto se logra sentados en silencio y sabiendo que, interiormente, el Espíritu nos dirige. Hemos de tratar de sentir cómo nuestro pensamiento se impregna del pensamiento del Espíritu. Hemos de esperar que nos dirija, pero jamás desanimarnos si al principio no recibimos una impresión directa. El trabajo continúa incluso si no se ve ni se siente. El pensamiento se forma en nuestra mente, y con el tiempo se formará como una idea. Cuando la idea surja, no dejes de creer en ella incluso aunque no se parezca a como la esperabas. Las primeras impresiones suelen ser las más directas y claras; por lo general, provienen directamente de la Mente del Universo, y hay que procesarlas cuidadosamente para obtener su expresión.

Proclamamos en silencio que, en nuestro interior, el Espíritu del Conocimiento nos está haciendo conocer con exactitud lo que debemos hacer; que nos está diciendo lo que debemos decir o adónde debemos ir. Ten absoluta confianza en esto porque es una de las cosas más importantes que se deben hacer. Siempre debemos alcanzar esta seguridad interna antes de emprender un asunto nuevo; estar seguros de que, en realidad, hemos puesto todo el asunto en las manos de la vida y que todo cuanto tenemos que hacer es trabajar en él en lo externo. Debemos aprender a evitar errores a la hora de estar dirigidos por esa voz interior que jamás se equivoca. Debemos proclamar en silencio que la inteligencia nos guía, y así lo hará.

Presencia de actividad

Supón que el lugar de tu negocio no manifiesta actividad alguna, o sea, supón que los clientes no acuden. En el mundo de los negocios, la presencia de clientes suele significar actividad. Supón que has llegado a creer que el principio trabajará en las cosas más pequeñas tan bien como en las grandes. Lo que deseas ahora es una mayor actividad. ¿Cómo vas a ver actividad donde no la hay?

Ésta, de verdad, es una buena pregunta. ¿Podemos ver más allá de lo que estamos viendo y de lo que estamos experimentando? Sí, absolutamente; no hay otro modo. Si nos limitamos a ver las cosas tal y como parecen, jamás seremos capaces de cambiar su apariencia. Así pues, lo que tenemos que hacer, a pesar de la aparente inactividad, es saber, y ver y declarar mentalmente que estamos sumidos en actividad. Siente que esto es verdad; ve con los ojos de la mente cómo el lugar se llena de personas; sabe que los clientes se aglomeran en él todo el tiempo; declara que es tu palabra la que los atrae; no sientas tensión alguna pase lo que pase; simplemente sabe que estás tratando con el único poder existente, y esto funcionará. Tiene que funcionar. Cuando digas la palabra, comprende que un gran poder la ha recogido y se está instalando dentro de ti. No pienses en limitación, háblale a la mente con perfecta confianza. Si tienes la facultad mental de ver el lugar lleno, combínalo con la palabra y todos los días visualiza cómo se está llenando. Combina siempre la fe en el poder superior con todo lo que haces; siente que se te cuida con interés especial. Esto es verdad. Cuando un alma retorna al Universo de la vida no manifiesta, en el mismo instante este Universo se vuelve hacia ella. Jesús lo narró en su historia del hijo pródigo; el Padre lo vio venir desde lejos. Siempre existe este giro hacia el interior de nosotros por parte de la Mente Paternal, cuando acudimos a Ella y nos situamos en un contacto más íntimo con la Vida.

Debemos mantener clara nuestra mente para que, cuando el Espíritu nos traiga el don, estemos preparados para recibirlo. Ni siquiera Dios puede imponernos las cosas. Debemos recibirlo incluso antes de ver.

Pues las manos débiles e impotentes
Que buscan a tientas en las tinieblas,
La diestra de Dios las toca en la oscuridad
Y se alzan, fortalecidas.

Una vez que creamos, siempre tendremos esa fe que honra al Espíritu de la Vida. Al ver mentalmente sólo aquello que queremos, al verlo incluso si el cielo cae sobre la tierra, tendremos éxito en comprobar que la ley de la vida es la ley de la libertad. Dios hizo al hombre para que tuviera todo lo que contiene el Universo y luego lo dejó solo para que descubriera su propia naturaleza.

Deja todos tus esfuerzos y toda tu lucha y, dentro de tu propia alma, conoce la verdad y confía en ella por completo.

Proclama todos los días que el Poder del Espíritu te guía, te protege y obra para ti, y espera en paz y perfectamente confiado. Tal actitud mental se sobrepondrá a cualquier otra y comprobará que la fuerza del pensamiento espiritual es el único verdadero poder existente en el Universo.

Atraer lo tuyo hacia ti

Supón que deseas atraer a amigos y compañeros, que quieres ampliar tu círculo de amistades. Esto se puede también alcanzar con la ayuda de la Ley, porque la misma ley funciona para todo, a causa de que todo es Uno y que Uno, al expresarse, se vuelve muchos. Hay demasiadas personas en el mundo que son solitarias porque sienten estar separadas de la gente. No se trata de intentar unirse con la *gente* sino con *el Principio de la Vida*, que se halla más allá de la gente y de las cosas. Esto funciona desde el centro y no desde la circunferencia; la Mente Única contiene en sí las mentes de todas las personas. Cuando unas tu pensamiento con el todo, te unirás con las partes del todo. Así pues, lo primero que tienes que hacer es comprender que la Vida es tu amiga y compañera; siente la compañía de la divinidad; siente que eres uno con la vida; declara que, al igual que este pensamiento despierta en tu mente, así despierta en la mente de toda la humanidad; siente que el mundo es atraído hacia ti; ama este mundo y a todos los que viven en él; incluye a todos si deseas ser incluido *en todo*. El mundo busca la fuerza; sé fuerte. El mundo busca amor; encárnalo. Sé bueno con todos; elimina todo lo demás. Las personas sentirán tu amor y se sentirán atraídas hacia él. El amor es el poder más grande en el Universo; es la base de todo lo demás; es la causa de lo que existe. Siente que tu amor es como una gran luz que ilumina el camino del mundo entero; volverá a ti trayéndote a tantos amigos que te faltará tiempo para disfrutar de la amistad de todos ellos. Conviértete en un amigo verdadero y tendrás muchos amigos. Sé suficiente contigo mismo y, a la vez, incluye a todos los demás, y las personas sentirán tu fuerza y tendrán deseos de acercarse a su resplandor. No seas nunca infeliz o morboso; sé siempre alegre e irradia buen ánimo y felicidad; jamás parezcas deprimido o abatido, el mundo tiende hacia el foco más fuerte de jovialidad y buena camaradería. No te permitas nunca sentirte herido en tus sentimientos. Nadie quiere herirte ni nadie puede hacerlo, aunque lo quiera. Estás por encima de todo eso. Dondequiera que vayas, sabe que el Espíritu de la Verdad va delante de ti y te prepara el camino, aportándote todos los amigos y toda la influencia necesaria para tu comodidad y bienestar. Esto no es egoísmo sino sentido común, y, con toda seguridad, te traerá un montón de amigos y compañeros.

Declara a la Mente que ahora te relacionas con todas las personas, y que todas las personas se relacionan contigo. Ve a ti mismo rodeado de enorme cantidad de amigos; siente mentalmente su presencia y alégrate de que todo lo bueno ahora es tuyo. Haz esto pase lo que pase, y no trascurrirá mucho tiempo antes de que encuentres maravillosos amigos y entres en contacto con lo mejor de este mundo.

Palabras finales

En resumidas cuentas, el hombre es exactamente lo que cree ser; es grande en capacidad si sus pensamientos son grandes; es pequeño si son pequeños. Atraerá aquello en que piensa más.

Puede gobernar su propio destino cuando aprende a controlar sus pensamientos. Para hacerlo, primero tiene que comprender que, en el universo manifiesto, todo es resultado de una actividad interna de la Mente. Esta Mente es Dios, que crea un universo por medio de la actividad de sus propios divinos pensamientos; en esta Mente, el hombre es como un centro pensante, y lo que el hombre piensa rige su vida, exactamente igual que los pensamientos de Dios rigen el Universo, poniendo en movimiento todas las actividades cósmicas. Esto es tan fácil de comprender y tan sencillo de usar que con frecuencia nos asombramos de por qué nos demoramos tanto tiempo en descubrir esta verdad, la mayor de todas las verdades de todos los tiempos. Creer; pensar que aquello en que se cree es verdad; dirigir los pensamientos a la Mente a diario, para que lo deseado se nos devuelva; eliminar los pensamientos negativos; sostener todos los pensamientos positivos; dar gracias al Espíritu de la Vida por hacernos creer siempre en la ley suprema; no discutir nunca con uno mismo ni con otros; saber utilizar, éstos son los pasos que, si se siguen, nos llevarán adonde no tendremos que preguntar si esto es verdad, ya que al haberlo puesto de manifiesto, *lo sabremos a ciencia cierta.*

La semilla que cae en la tierra dará fruto de su propia especie, y nada lo podrá impedir.

Quien tenga oídos para oír, que oiga.

❦ *Fin* ❦